KB043993

기억의 비만

황정미 지음

기억의 비만

황정미 지음

 가스라이팅:

타인의 심리나 상황을 교묘하게 조작해 그 사람이 스스로 의심하게 만듦으로써 타인에 대한 지배력을 강화하는 행위로, 〈가스등〉(1938)이란 연극에서 유래한 용어이다
보통 수평적이기보다 비대칭적 권력으로 누군가를 통제하고 억압하려 할 때 이뤄진다.

차례

prologue

언제부터인가 밥을 먹다가 자꾸 혀를 깨물었다.

생각해보면 누군가를 지나치게 걱정할 때도 그랬고, 누군가를 막 사랑할 때도 그랬다. 결국 나는 사람을 지나치게 생각했다. 피노키오는 그 것을 '사랑'이라고 하는데, 나는 오지랖이라고 하거나 병이라고 생각했다.

직업이 상담사니 나름의 이유를 들고 와 고만고만한 처방을 듣고 가는 내담자를 만난다. 하지만 그녀는 달랐다. 죽어가는 나무를 살리기 위해 한겨울에 아파트 정원으로 가서 물 한 바가지 붓고 오는 정성이 있다. 벤츠 e 클래스 익스쿨루시브를 몰고 와서 낡은 가죽 가방을 뒤적이면, 그 안에서 꼬깃한 쪽지 하나가 나왔다. 가장 서정적인 '애가'가 가득한 쪽지.

그런 그녀가 두 번이나 이혼했고 정신과에서 약을 먹었다고 했을 때 이혼을 위한 트라우

마를 치료할 줄 알았다. 그러나 그녀는 네 번째 남자, 그 남자에게서 벗어나고 싶어 했다. 우리는 잘 모른다. 책을 닮은 언어를 단호하게 말하면 그것이 진실인지 거짓인지 잘 모른다.

그녀가 네 번째 남자에게서 벗어나야 하는 이유가 무엇일까.

그 남자와 보낸 긴 시간, 그녀는 어두운 곳에서 불빛을 밝히지 못했다. 돈은 있는데 자유롭지 못하며 능력은 있는데 기가 죽어있던 그녀의 과거를 들어보자.

기억의 비만

1

하얀 린넨 침대보가 틀어지기 시작했다.

16세기 초 멕시코를 탐험한 에르난 코르테스가 스페인 귀족층에 소개했다는 카카오 원두 냄새가 났다.

책에서 읽었던 초콜릿에 대한 상식이 그의 땀으로 범벅이 된 비뚤어지는 린넨 원단에서 생각이 나다니, 내 마음의 편린들이 비뚤어지고 있는 침대 틈 사이에서 오도 가도 못하는데 그는 나를 탐하고 있었다. 하루에도 몇 번이고 메스꺼운 그리움이 구토처럼 터져 나왔다. 그가 말했다.

"좋아?"

왜 물어야 할까?

끈적끈적한 땀내가 초콜릿 향으로 번지는 침대 위에서 그가 에르난 코르테스였으면 좋겠다고 생각했다. 그의 얼굴은 카카오 원두가 압착이 되고 설탕이 혼합이 되어 고형화에 성공한 딱 그 얼굴이다.

"좋아...?"

왜 물었을까?

속이 텅 빈 초콜릿 웨이퍼처럼 그는 표정이 비어있는 남자였다. 빽빽한 도서 열람실 구석에서 연두색 형광펜을 들고 입술로 무언가를 중얼거리고 있는 그는 표정이 없다.

살짝 기대했다.

내가 보고 있으니 눈을 들어 맞은편 구석에서 같은 색 형광펜을 들고 줄을 긋고 있는 나를 바라보기를.

아니면 손가락 마디에 끼고 있는 그 형광펜을 떨어뜨리면 텁텁한 마음 헤아릴 수 없어 도서관에서 진한 연두빛 형광 줄을 소리 내서 읽고 있는 그대를 몰래 훔쳐보고 있는 나를 알아채기를.

그는 표정이 없다.

중얼거리고 옴짝대는 입술만이 눈에 들어온다.

아... 달콤한 원두 냄새가 난다.

바닐라 분말이 가득 들어간 카카오 냄새가 난다.

혹시 초콜릿을 먹고 있는 건 아닐까.

2

갑자기 쌀쌀해진 공기에 평소보다 일찍 눈이 떠졌다. 내가 보고 있다는 걸 모르는지 침대 옆에 대충 벗어둔 팬티에 종아리보다는 두꺼운 허벅지가 들어가고 적당하게 탄력이 붙은 엉덩이를 지나 치골까지 팬티를 끌어당기고야 고개를 돌려 확인했다.

"깼어?"

뒤틀어진 린넨 침구 위에는 새벽까지 켜둔 향초의 잔향이 남아 있었다. 나는 끌어당긴 이불 속으로 들어가 다시 눈을 감으며 생각했다.

'오늘은 트랜치 코트를 입어야겠어…'

"커피 내려줄게."

이불 밖으로 고개를 빼고 그를 바라보았다. 표정이 없다. 그는 욕망만 있을 뿐이다. 그런 그가 커피를 내려주는 날은 뜨겁게 사랑한, 밤을 지샌 아침이다.

손은 말 없는 얼굴을 대신해서 드리퍼 안에 여과지 커피 필터를 접어 넣고 가장 비싼 드립 주전자 호소구치로 가늘고 고르게 물줄기를 따르고 있었다.

"커피는 로스팅의 온도, 시간, 속도에 따라 맛이 달라지지. 시나몬 로스팅까지는 신맛이 강해."

딱 좋은 느낌이라는 게 있을까.

더 안고 싶고, 더 느끼고 싶고, 사실 나는 대화가 필요했다.

"풀 시티 로스트에 이르면 옅은 신맛, 단맛이 감도는 풍부한 향미를 느낄 수 있어."

'그래...딱 거기까지…'

린넨 침구가 뒤틀려지는 것을 느끼면 신경이 쓰인다고 말하고 싶었다. 정신적 교감으로도 행복하다고 말하고 싶었다. 한 번이라도 눈을 바라보고 이야기하고 싶었다고.

"프렌치 로스트 이후에는 신맛은 없어지고 쓴맛을 주로 느끼게 돼. 그 이후부터는 탄 맛이 나지."

아, 나는 물었다.

"좋아?"

"응?"

"커피가 좋으냐고?"

빽빽한 도서가 가득한 열람실 바닥에 한 번이라도 형광펜을 떨어뜨려야 했다. 적당히 타협

하고 적당히 웃어주기만 해도 되는 남자는 그렇게 약간은 허술해야 했다.

지나치게 생각이 많은 사람은 해결하기 어려운 문제에 직면하면 생각을 포기하고 아무 생각 없이 살아간다는 말을 들었다. 책을 많이 읽는 사람이 표정이 없다면 뻔한 답을 거부하고 무모해지고 감정을 분리한다고 들었다.

그런 남자일까.

손가락 마디에 잘 붙어있는 연두색 형광펜은 떨어질 기미가 보이지 않았다. 텁텁한 마음 따위 신경 쓰지 않는 그 남자의 입술이 자꾸만 신경이 쓰이는데, 그는 책을 사랑하고 글을 사랑하는지 밑줄을 긋고 노트에 필기를 하며 계속 입술을 움직였다. 가끔, 식은 커피잔을 힐끔거릴 때도 연두색 형광펜은 그의 손에 들려 있었다.

그 순간 왜 나는 그런 생각을 했을까.

그 남자가 지나치게 생각이 많은 사람이어도, 감정을 분리해도 나에게 말을 걸어주기만 해도 좋겠다고.

사람을 있는 그대로 본다는 것은 결국 내가 가진 생각의 시선으로 보는 거겠지. 눈이 아무리 있는 그대로 보려고 해도 상상하고 만들어낸 가공의 인물은 내 눈앞에서 기억의 비만이 되어가고 있었다.

그를 바라보는 시선이 뜨거워졌다.

그때, 그의 손가락 마디에서 형광펜이 떨어졌다. 손목의 리듬이 깨져버린 그는 중얼거리던 입술을 멈추고 맞은편 나를 쳐다보았다.

그 무렵 내가 사랑하던 말들이 있었는데. 봄비, 불빛, 맨드라미, 그리고 안녕...

"안녕하세요…?"

어쩌면 이쯤에서 나는 방향을 바꿀 수 없다는 것을 알았으리라.

"반가워요…"

그때 그 도서관에는 맨드라미가 가득했다.

3

그녀에게 고백했다. 빽빽한 도서 열람실에서 네 번째 남자를 운명적으로 만났다고 말했다.

그렇게 쉽게 사랑에 빠질 수 있냐고 공감보다 비판을 하는 그녀에게 다행히도 들었던 것과 보았던 것을 풍경처럼 말할 수 있었던 것은 그녀의 말과 나의 말 사이에 서걱거리는 마찰이 보였기 때문이다.

나는 그렇다.

공감하지 않는 사람에게 나를 설명하고 내 사랑을 소개하는 것이 더 쉬운 사람이다. 그녀의 말과 나의 말 사이에 그늘처럼 침잠한 단어만 오고 가고 가끔 사랑하기 좋은 나이라고 치켜 세우는 말이 가시처럼 내려앉을 때, 식어가는 커피를 리필했다.

대개는 그렇다.

"잘 될 겁니다."

"뭐가요?"

"그걸 모르겠습니다."

"잘 살 겁니다."

"누가요?"

"우리는 잘 살 겁니다."

"어떻게요?"

"그걸 잘 모르겠습니다."

서걱거린다는 거지.

"씨발년아!"

욕은 다 내 이야기인 것 같아 그 자리에 서게 된다.

알지도 못하는 소리, 알지도 못하는 사람인데 그 자리에 바로 서게 된다. 미어캣처럼 멈추어버린 몸짓은 의문의 남자가 욕하는 대상이 내가 아니란 것을 알고, 그 남자가 골목길을 다 지나가야 언 몸이 풀려버리곤 했다.

결혼을 하고 이혼을 하고 다시 결혼을 하고 이혼을 하고 떠도는 남자와 잠자리를 하는 인생을 파노라마처럼 들려주면 주고받는 말이 어느새 피곤해졌다.

무엇을 기대했을까.

들어주는 대상에게 욕설을 담은 입을 기대했나? 욕설을 담은 눈빛을 기대했나?

마조히즘은 아닌데, 공감보다 비판하는 사람에게 병적인 심리가 발동했다. 지고 싶지 않았다. 아니지, 오히려 욕을 하고 싶었을지도 모른다.

변방 그늘진 자리에서 오래 버텨서 그런가.

기억의 비만이 부풀어 간다.

표정 없던 사람이 웃어주기만 해도 이태리 양과자 집에서 유혹하는 빵 냄새가 났다. 그녀에게 말했다. 그 남자가 그런 사람이라고.

오물거리는 입에서 초콜릿 냄새가 나고 살짝 걸친 미소에서 고향 같은 빵 냄새가 난다고.

그러면 그녀는 피곤하다고 했다.

서걱거리는 마찰이 끝나간다.

"너는 잘 살 거야."

"어떻게?"

"그치, 그게 문제지…"

아홉수를 갓 넘긴 마흔의 그녀가 말했다.

"한 번 보자."

"같이?"

"그러지 뭐…"

표정 없는 남자는 그녀를 이해할까?

표정 없는 남자를 네 번째 남자라고 소개하는 나는 그 남자와 사랑할 수 있을까?

나도 이제 막 아홉수를 넘긴 마흔인데 말이다.

오늘도 여러 겹의 따옴표 속에서 기억이 부풀어 간다.

어쨌든 맨드라미가 가득한 도서관 그곳에 가면 표정 없는 남자, 그가 있다.

16

4

그 무렵, 내가 좋아하는 단어가 있는데, 어슬 렁 거리기, 다리 꼬기, 책보다 졸기, 그리고 맨드 라미, 맨드라미…

그때 마침 승진 시험이 코 앞이고, 또 때마 침 바쁜 시간를 쪼개서 간 곳이 도서관이니 빽 빽한 도서 열람실에서 읽어주기를 기다리는 책 들은 외면해야하고 연두색 형광 줄은 리듬을 타 야 하는데… 졸립다.

변명을 해보자면 책을 보다가 졸린 것은 좋 아하는 책이 아니라 승진을 위한 시험서였기 때 문이고, 그가, 표정 없는 그가 없기 때문이라고 생각했다.

맞은편 자리에는 하필 그가 없고, 노트북으 로 얼굴을 가리고 히히덕 대는 연인이 있었다.

그래, 다리를 꼬면 덜 졸릴 거야.

아니 어슬렁거려야 해. 서가에 꽂힌 책 한 권을 꺼내야겠다.

독일인이고, 독일인의 사랑을 논하고, 〈독일인의 사랑〉을 쓴 막스 뮐러는 페이지마다 그의 숨결을 넣었다. 그리고 그가 사랑하는 마리아를 활자 밖에 있는 나로 환생 시켰다.

'훗, 이런 사랑은 존재할 리가 없어. 이렇게 아름답고 순결한 남자가 있겠냐 말이다.'

우리는 서서 걷는 법, 읽고 말하는 법을 배운다. 하지만 어느 누구도 우리에게 사랑을 가르쳐 주지는 않는다. 한 송이의 꽃도 햇빛이 없으면 만개하지 못하듯, 인간도 사랑 없이는 한순간도 살아갈 수 없다.

'사랑 없이도 살아갈 수 있다. 두 번의 이혼을 하고도 코앞에 닥친 승진 시험만을 생각하고 진짜 표정을 숨기며 사랑을 숨길 수 있다고.'

〈독일인의 사랑〉에서 소년은 감격했다. 자기를 타인이라는 울타리 밖의 사람으로 보지 않아서, 사람이 떠나도 내 마음속에 사랑하는 사람이 여전히 남아 있다면 그 또한 사랑이라고 말하는 마리아 때문에 소년은 감격했다.

나는 순결한 마리아가 될 수 있을까? 이렇게 말해주면 남자들은 감동할까?

시험서에 밑줄을 그었던 내 형광펜은 도서관 서가에서 잠시 빌린 책에 소년이 감격해서 뱉은 그 문장에 진한 연두색 빛을 물들였다.

이 반지를 나에게 주고 싶거든 차라리 네가 가지고 있어. 네 것은 모든 게 다 내 것이니까.

모른척 해야 한다. 손으로 지은 죄를 무마하기 위해 서가에 〈독일인의 사랑〉을 다시 꽂으며 최대한 조용히 어슬렁거려야 한다.

높은 서가 저편, 높다란 창문 위쪽부터 태양빛이 쏟아져 들어왔다. 나가야겠다. 최대한 어슬렁거리면서.

회색 건물, 그나마 독특한 건물을 지향하는 듯 한쪽 벽면에는 벽화가 그려져 있고, 도서관 옥상부터 사람들이 밟는 땅까지 굵은 철 기둥이 조형물처럼 똬리를 틀고 내려왔다. 멋진 건물이다. 책을 읽는 곳이 아니라 웅장한 오케스트라 반주에 맞춰 소름끼치게 잘 부르는 성악가에게 앙코르 박수를 보내는 공연장 같은 곳, 그 똬리를 틀어서 내려 온 철 기둥 아래 맨드라미가 있다.

회색과 금속, 그 아래 붉은빛을 토해내는 맨드라미가 나를 반기고 있다. 끝이 뾰족하고 원줄기 끝에 닭의 볏처럼 생긴 꽃이 흰색, 홍색, 황색으로 피어 있는 맨드라미 정원이 있다.

오늘은 그가 없다. 내 앞에 맨드라미가 있다.

건조에 강해서 물을 자주 줄 필요가 없다고 들었다. 작열하는 태양 아래 숨이 더 살아나서 더 건조해져도 더 빛을 발하는 맨드라미, 그 맨드라미가 내 눈앞에 있다.

"안녕하세요."

아...건조한 목소리다.

"아, 안녕하세요…"

놀라야 하는데, 분명 놀랐는데 반색하는 축촉함이 내 인사에 들어가 있다.

"맨드라미를 좋아하시나 봅니다."

보고 싶었다고 말할까?

"오늘은 늦게 오셨네요…"

그는 대답하지 않았다.

언젠가 나는 쇠창살 넘어 고색창연한 건물 안을 훔쳐본 적이 있었다. 안은 텅 비어 있었고 사람의 흔적이 보이지 않아 냉기가 돌고 을씨년스러웠다.

다시 질문했다. 용기가 필요했는지는 모르겠다.

"무슨...공부하시나 봐요…?"

그는 대답하지 않았다. 그 순간에도 냉기가 돌았던 그 건물이 떠오르고, 그 건물이 고색창연했다고 기억하는 이유는 뭘까?

표정이 없는 남자의 얼굴에서 왜 하필이면 삐죽대는 입꼬리가 미소를 짓고 있고, 날카로운 눈매는 생각이 깊은 지적인 남자 만의 특권이라고 생각했을까.

"먼저 들어가겠습니다."

어슬렁거려야 한다. 바로 따라갈 수 없다.

기온이 떨어지면 꽃 색이 더 강해지고, 20˚C 이하에서 일장이 필요한 맨드라미가 14시간 이상 일장을 해주면 개화가 늦어진다는 그 상식이, 느리게 걸어가는 그의 걸음마다 박혔다.

내가 맨드라미를 좋아한 이유는 무엇일까. 이미 풍부한 상식으로 알고 있는 꽃이고, 닭의 볏을 닮아 눈길을 끌고, 회색 건물 아래 노랗게 하얗게 빨갛게 모여 있어서 시선을 끌기 때문일까.

어쩌면 그가 있는 곳에 맨드라미가 있기 때문일 거다.

이 무렵 내가 좋아하는 단어는 맨드라미였고, 나는 그를 생각하고, 그를 보기 위해 도서관으로 갔다.

막스 뮐러의 아버지는 슈베르트의 〈겨울 나그네〉를 썼다.

마리아를 사랑한 막스 뮐러는 순결한 사랑을 예찬하면서 〈독일인의 사랑〉을 썼다.

나는 승진 시험이 코 앞인데, 그를 보고 그를 쓰고 있다. 그리고 그를 사랑하기 시작했다.

내 기억의 처음은 말한다.

"거짓도 사랑할 수 있는가?"

5

시작은 커피 한 잔, 그리고 책 이야기.

다시 커피를 리필하고 그는 살아 온 이야기를 시작했다.

누구나 하나쯤, 애착 소품이 있다지. 손에서 떠날 줄 모르는 휴대폰, 그는 반복적으로 카카오톡 메시지를 확인했다.

'좋아하는 사람이 있나 봐…기다리는 메시지가 있나봐…'

다 마신 커피잔에 생각 없이 손이 간다는 건, 앞에 있는 나는 이차적 대체물일 수 있다는 생각으로 소외감이 들자 답답했다.

창문을 열어 환기하듯 휴대폰 액정화면에 고정되어 있는 눈을 나에게 돌리려면 환기가 필요했다.

"그래서요?"

빽빽한 줄이 가득한 책에 연두색 형광펜으로 줄을 치며 혼자 중얼거리는 사람이 아니던가.

그는 혼자 이야기했고 그의 눈은 초점이 없었다.

"부모님의 지원 없이 컸습니다. 혼자 공부했고 혼자 돈을 벌었고 혼자 지내고 있습니다."

안심이다.

혼자 지낸다는 그가 의미 없이 빈 커피 잔으로 손을 갖다댈 때, 나는 보았는데... 하얀 손가락, 그것도 네 번째 손가락에 끼고 있는 반지를.

아, 잠시 생각해보자.

왼손 네 번째 손가락에는 고대 시대부터 약혼이나 결혼반지를 낀다고, 그 네 번째 손가락 약지에는 사랑이 흐르는 정맥인 베나아모리스가 심장에 직접 연결되어 있기 때문이라고.

그리고 오른손 네 번째 손가락에 반지를 끼면, 원하는 모든 일에 의연하게 대처를 할 수 있기 때문이라고… 그렇게 읽었다.

다행이다.

아마 기다리고 있는 메시지는 여자의 메시지가 아닐 수도 있다.

"그래서요?"

이런, 같은 질문으로 반응을 보이자 과거 내면 여행으로 들어가려고 미간을 찌푸렸던 그가 나를 한번 쳐다보고는 다시 표정이 사라졌다. 형광펜으로 밑줄을 치며 중얼대면서 공부하는 그런 사람에게는 적어도 그가 말한 단어의 꼬투리라도 인정했어야 했다.

'그랬구나…'정도 말이다.

잠시 침묵이 흘렀다.

"와인 할래요?"

이때는 말이다. 흐릿한 청각으로 끈적거리는 눈빛으로 머리카락 사이로 손가락 몇 개를 집어넣고 쓸어 넘기면서 이야기해야 한다. 왜 그런지는 모른다.

"와인이요?"

맨드라미가 흐드러지게 핀 그날, 그를 따라 들어간 도서관 맞은편 그 자리에서 다시 그가 밑줄을 그으려고 한 그날 말이다. 그는 내게 다가와 물었다.

"혹시 형광펜 있나요?"

사람은 마음을 느꼈거나 가치를 알 때 인연이라고 한다. 그는 그가 가진 형광펜을 나도 가지고 있다는 것을 아는 거다. 그는 내가 형광펜으로 밑줄을 긋고 입으로 중얼거리며 암기를 한다는 것을, 결국 우리가 인연이라는 것을 아는 거다.

그렇게 만났다. 그리고 나는 그걸 인연이라고 규정하고 표정 없는 그 남자가 가지고 있지 않은 것을 채워주기 시작했다. 벤츠 e 클래스 익스클루시브 조수석에 앉은 그에게 슈베르트 '겨울 나그네'로 그의 마음을 열어주면 그는 말했다.

"슈페르트는 다가올 죽음을 예감하고 가난에 시달리다가 고독하게 죽어갔습니다. '겨울 나그네'를 완성한 다음 해에 죽었습니다. 사랑에 실패한 청년이 추운 겨울 연인의 집 앞에서 이별을 고하고 눈과 얼음으로 뒤덮힌 들판으로 방랑의 길을 떠났고…"

이쯤에서 나는 청각이 흐려졌다. 마음을 느끼고 가치를 알아가는 것이 인연이라고 하지 않았나. 그가 가진 지식을 알고 싶은게 아니다. 폭풍치는 격정을 노래 한 가사나, 나뭇잎에 흔들리는 느낌까지 전해지는 그런 분위기에 취하고 싶은 건데.

그런데 말이다. 그날 나는, 그렇게 건조한 목소리로 알고 있는 지식을 나열하는 그에게 운전대를 잡고 있던 나의 오른손을 그의 허벅지 위에 포개면서 물었다.

"그래서요?"

나의 눈은 이미 뜨거웠고, 그의 몸은 이미 뜨거워졌다.

그때 '겨울 나그네'의 고뇌하는 청년은 한밤중에 불어닥친 돌풍 속을 뚫고 있었다. 슈베르트의 가곡 '보리수'가 흔들리고 있었다.

"와인 할래요?"

몸이 뜨거워지고 있었다. 단정하게 입은 와이셔츠 단추를 두개쯤 풀어 헤치고 얼굴이 붉어진 뜨거운 얼굴로 다시 물었다.

"한잔 더 할래요?"

붉은색 얼굴이 어두운 얼굴로 바뀌는 건, 토하듯 털어내는 과거의 아픔 때문은 아니다. 그는 습관적으로 미간을 찌푸리고, 작은 입술로 중얼거렸다.

땅에 떨어진 나뭇잎에 자신의 마음을 투영한 겨울 나그네처럼, 그는 극적인 고조를 원하는 것이 맞다. 그렇지 않다면 아픈 이야기를 하는 그 와중에도 와인을 권하고 더 가까이 내 옆으로 다가올 리는 없다. 현실에 대한 절망이 환상을 불러온다고 한다. 그는 절망을 이야기 하면서도 그만의 세계를 보여주고 있었다. 나는 그 절망 속에서 환상을 보고 있었다. 그가 말하는 과거가 아팠지만 그가 보여주는 행동이 모든 일을 의연하게 대처하는 자신감으로 보였다. 마치 오른손 네 번째 손가락에 낀 반지처럼 그는 나란 여자가 연약한 나뭇잎이라는 것을 알고 의연하게 말했다.

"자고 가도 됩니다."

단호하고 의연한 '…다'로 끝나는 그의 말이 내게는 우울한 그림자를 가장한 환상적인 귀족 같다고 생각했다. 심지어 그가 말한 모든 말이 거짓이라고 해도 상관없다고 생각했다.

순간, 그의 카카오톡 메시지가 오기 전까지
는 말이다.

6

알러지에 예민한 편이다. 그래서 더 자주 빨아 더 하얀 린넨이어야 했다.

모달이나 차렵 이불은 지양하는데 그의 이불이 하필이면 5성급 호텔 침구로 유명한 크라운구스였다. 밤새 들은 이야기는 부모의 지원이 없다는 부모를 향한 힐난뿐이었는데 그는 고급 이불을 쓰고 있었다.

물론 구스 이불 때문은 아니다.

태양이 쏟아지는 아침, 내 침구가 하얀 린넨인데, 침구에 유독 예민한 여자가 깨어보니 눕기만 해도 눈이 스르르 감기는 구스 이불 때문에 남자 혼자 사는 집에서 아침을 맞이했다고 변명하는 꼴은 우습지 않은가.

큰 창문으로 쏟아지는 태양 빛에 눈을 찡그리고 어젯밤 일을 생각했다.

'카카오톡 메시지에 반응을 했지… 와인을 따르다가 기다리던 메시지가 아니라, 받고 싶지 않은 메시지라고 말하면서 화가 난다고 했지…'

와인에 취한 건지. 나는 용감했다.
"잠시 치워 두세요, 신경이 쓰인다면요…"
"그럴 수 없습니다."
'뭐가 그럴 수 없다는 거지'
"어머니 연락만은 피할 수 없습니다. 어머니는 제게 산소 호흡기 같은 분입니다."
어린 시절, 아버지에게 맞고 있는 엄마를 보면서 보호해야 한다는 생각은 없었다고 했다.
오히려 사건이 일어난 이유에 대해 생각하고 생각했다고 했다. 그리고 맞아서 멍이 든 엄마의 살갗, 그 하얀 피부에서 푸른 멍이 붉은 멍으로 변해가는 원인을 알고 싶다고 했다. 그는 우주계, 동물계, 심지어 판타지로 가득한 세계에서 자신이 만들어 놓은 가상의 세계 안으로 엄마를 데리고 들어가야 했다고.
그때마다 그는 질문을 했다고 한다.
"왜 맞고 사세요?"
"왜 일만 하세요?"
왜, 왜…
"어머니는 답변을 했나요?"

내가 물었고 그는 다시 미간을 찌푸렸다. 그리고 말하지 않았다. 순간, 말을 끊어서 미안하다고 말할 뻔 했다.

뭐가 이렇게 그 남자의 패턴으로 말려 들어가는지, 와인에 취해서 그렇다고 변명하고 싶을 뿐이다.

카카오톡 메시지가 한 번 더 왔고, 그는 골몰하듯 두 손으로 머리를 싸매고 한숨을 쉬었다.

"잠시 나갔다 올게요…"

큰 베란다 창을 열고 다시 큰 창문을 열고 심호흡하는 그가 보였다. 그는 바람 소리를 주의 깊게 듣고, 창밖으로 보이는 풍경 하나에 시선을 고정한 채 계속해서 깊은 호흡을 잘게 쪼갰다.

일반적으로 우리가 상상하는 부모 이야기가 아닌가, 그는 무엇 때문에 카카오톡 메시지에 집착하고 무엇 때문에 긴 호흡이 필요할까.

"저는 새로운 정보를 결합해서 창조적인 것을 만들어 냅니다. 바람 소리와 물소리를 결합해서 생각하면 음악이 됩니다. 내가 만든 이론이 누군가에게 희망이 되는 거, 그게 제가 살아가는 이유입니다. 어머니만이 유일하게 제 세계를 이해했습니다."

그럼, 나도 당신의 세계를 인정하고 동조하는 어머니 같은 사람이면 되나요…? 묻고 싶었다.

베란다 창문을 닫고 차가운 바람의 기운을 고스란히 안고 들어 온 그 남자의 손가락이 하얗고 차가워 보였다.

와인에 취한 뜨거운 나의 손이 그의 손에 포개지면 되는 순간이다. 내가 운전할 때마다 나의 오른손이 그의 허벅지 위에 포개졌던 그날처럼 그를 안아줄 용기가 없는 나는 그의 차가운 손 위에 따뜻한 나의 마음을 포갰다.

"가족과 함께 있으면 숨이 막혔습니다. 나만의 공간으로 숨어 들어가야 했습니다. 무서운 아버지도 착한 엄마도 다 나의 그늘이었습니다. 그때마다 나는 구석진 공간에서 책을 읽었습니다. 가끔은 내 발밑으로 기어가는 집 벌레가 친구가 되어주기도…"

그 순간 용기를 낸 것은 와인 때문이 아니다.

건조하고 텁텁한 그의 목소리에 따뜻한 나의 입술을 주는 것은 어쩌면 용기가 필요하지 않았다. 어느새 나는 그가 말한 산소 호흡기 같은 엄마가 되고 싶었는지 모른다.

"당신이 나에게 많은 것을 요구하지 않는다면 나도 당신에게 많은 것을 요구하지 않을 겁니다. 나는 나의 세계에서 왕이 되는 꿈을 꾸고 살아가는 이기적인 사람입니다. 그래도 우리가 인연을 이어갈 수 있을까요?"

거짓도 사랑할 수 있을까.

그가 만든 세상으로 나는 들어갔다. 그가 던지는 질문에 두 팔을 벌려 안아주는 것, 그게 나의 답이었고 그도 나에게 안겼다.

내가 엄마가 될 수 있을까.

그에게 밥을 주고 그를 부호하는 그만의 자원이 될 수 있을까.

그때 발밑으로 툭, 와인과 커피잔이 어지러진 그 공간에 낯선 느낌의 생명체가 발밑으로 툭 지나갔다.

"어머…!"

그가 웃는 것을 처음 보았다. 놀란 내가 움츠러들 때 미소를 지으며 아이처럼 그가 말했다.

"아, 제가 기르는 고양이입니다. 숨어있어서 나오지 않는 놈인데, 어디 숨었다가 이제 나왔나 보네요."

숨어있어서 존재를 모르던 그 고양이 이름이 태오. 자기를 닮아서 편한 그 고양이는 그냥 호흡만 같이하는 동거일 뿐이라고.

나는 표정이 없던 그가 보여주는 미소에 이미 일장이 부족해서 시들어 버린 맨드라미처럼, 어쩌면 사랑하는 여인을 잃은 겨울 나그네처럼 아주 편하게 몸을 기대고 안겼다. 아기처럼.

무엇 때문에 나는 그의 여자가 되었을까.

7

내 차가 벤츠 e클래스 익스클루시브라는 것
은 두 가지쯤 의미한다.

돈 많은 부모가 사주었거나 내가 돈이 많거
나 인데, 그 무렵 그러니까 맨드라미를 좋아하
고 도서관에서 승진 시험을 준비하던 그 무렵,
이미 나는 두 번의 이혼으로 위자료가 있기에
가능했다. 게다가 행정직 공무원으로 마흔이라
는 나이와, 여자라는 성별은 승진하는 것에 전
혀 제약이 되지 않으니 내 할 몫이다. 돈을 벌
고, 돈을 쓰는 것이 말이다.

법령과 업무 처리 규정에 따라 소관 업무를
계획하고 보고서와 문서를 기안하고 보고하는
일이 내 주된 업무다. 성격이 더러운 동기만 없
다면 갑질의 경험은 드물다. 일이 꼬이지만 않
는다면 제시간에 퇴근할 수 있고 종이 파일 속
에서 숨 막히게 숫자를 맞추고 하늘 한 번 제대

로 보지 못했던 보상은 주말마다 풀 수 있다. 단순한 일 같지만, 긴장을 늦출 수 없는 기민한 역할을 맡고 있다. 퇴근을 일찍 하고 주말마다 여행을 갈 수는 있지만, 퇴근 이후 혼자 영화를 보거나 벤츠를 몰고 혼자 여행을 갈 정두로 면이 두껍지 않았다. 사람들의 시선을 의식한다는 것이다. 먼지를 뒤집어쓰고 역할을 제대로 하지 못했던 벤츠는 이제 강변도로를 달리고 있다. 내 차는 이제 그가 운전하고 있다.

벤츠 조수석에서 겨울 나그네를 듣던 그날, 눈이 뜨거워지고 가슴이 뜨거웠던 그날, 그는 말했다.

"벤츠 e클래스는 잔 고장이 적고 내구성이 좋아서 독일에서는 택시로 씁니다."

"그래요?"

"4기통 디젤 엔진을 사용해서 다른 기종보다 마력이 셉니다."

벤츠 e클래스를 운전한다는 것은 몇 가지쯤 의미가 있어야 할까?

"이 차는 옵션이 있습니다. 추돌 위험이 있을 경우 스티어링 휠 조작을 도와주는 충돌 회피 조향 어시스트 기능을 숙지하면…"

"직접 몰아 보실래요?"

그는 이제 조수석에 앉지 않는다. 내 차는 이제 그가 운전하고 있다.

"신안군 가보셨어요? 플로피아 섬이라고, 바다 위에 꽃 정원을 조성한 곳인데?"

"모릅니다."

"맨드라미 섬이라고, 이번 주에 같이 가볼래요?"

카카오톡으로 여행을 제안하면서 파도와 억겁의 시간이 빚어낸 아름다운 꽃이 만개한 병풍도 사진을 보내주었다. 특히 코발트 블루, 샛 노랑, 보라색으로 피어난 병풍도는 맨드라미를 닮은 곳으로 퍼플 섬이라고 부른다고 말 줄임표나, 간곡한 어조의 느낌 없이 그가 쓰고 있는 담백한 어조로 정보를 나열했다.

"태오가 신경쓰여서…"

"네?"

숨어 있어서 잘 나오지 않는 고양이, 태오가 왜 이 부분에서 거론되어야 하는지, 호흡만 같이 하는 동거인이라고 표현했던 밥만 주면, 아니 태양의 기운만 펼쳐주면 되는 그의 고양이 태오가 왜, 지금 언급이 되는지 이해할 수 없다.

"불성실한 납세자때문에 골치가 아프네요, 체납관리 서류를 오래 봤더니 시야를 바꾸고 싶은데."

"그럼 어머니에게 태오를 맡겨보겠습니다."

병풍도는 맨드라미 꽃과 닮은 색으로, 섬 전체가 주홍색이 넘쳐났다. 보라색으로 승부수를 띄워 이목을 집중시킨 퍼플 섬은 이국적인 자태로 많은 사람들을 불러 모았다. 낡고 오래된 지붕까지 맨드라미 색 지붕으로 바뀌어 있는 병풍도, 그렇게 활기가 넘치고 독특한 풍경을 자아내는 그 병풍도에서 그는 불안했고 말이 없었다.

하필이면 린넨 이동 가방에 들려 온 태오가 벤츠 뒷좌석, 그것도 병풍도를 따라오지 못한 선착장에 있었다.

"가죠."

"벌써요?"

도서관 지붕에서 철 기둥이 똬리를 틀고 내려온 자리에서 빛을 발하던 맨드라미가 병풍도에서는 눈길 머무는 곳, 발길 닿는 곳마다 화려한 자태를 뽐내고 있는데 빨갛고 날카로운 닭벼슬이 지천에서 유혹하고 있는데 그는 가자고 한다.

어쩌면 당신을 닮아 그 무렵 내가 좋아하는 단어가 맨드라미이고 어쩌면 당신을 닮은 태오가 내 차에 타고 있기때문에 나는 맨드라미를 포기하고 태오에게로 갔는지도 모른다.

눈길이 머물고 발길이 닿는 곳마다 비경이고 절경인데 밖에서 안이 보이지 않는 벤츠 레이노 썬팅은 밀회를 즐기는 연인에게는 제격으로 닫힌 공간을 만들어냈다. 그 공간에서 또 다시 겨울 나그네를 들었고, 그는 다시 미처 전달하지 못한 과거를 쏟아냈다. 내가 다시 손을 포개면 이제 그는 기다리지 않았다. 느리고 단호하고 의연하게 대처하는 그의 행동이 바뀌는 지점이다.

고양이 소리가 들렸다.

태오가 내는 소리인지, 그가 내는 소리인지 구분이 가질 않는다.

욕구로 가득찬 차 안은 발정이 나서 그글대는 고양이 소리가 난다.

그때,

그의 몸 위로 격하게 올라타는 그 순간, 뒷좌석에서 우리를 지켜보는 태오와 눈이 마주쳤다.

8

햇살이 없는 날도 있다.

부서져 내리는 햇빛이 큰 창가에서 쏟아져 들어오면 알 수 없는 두려움 따위 다 날려버리고 어느새 하나에서 열까지 버릇처럼 숫자를 세어보며 의식처럼 희망을 품곤 했다. 그런데, 오늘은 그 햇살이 없다.

층층이 보이는 회색빛 구름 사이로 아주 멀리 숨어서 지켜보는 햇빛만이 있을 뿐이다. 기운이 다 빠져버리고 한여름에 솜이불을 찾고 싶을 정도로 몸이 떨렸다.

"무슨 일인데?"

그녀는 의례적으로 내면의 목소리를 알아차린 듯 물었다. 아무리 서걱거리는 안부 인사를 나누고 외로워 죽고 싶을 때만 솔직해지는 대화를 나누는 친구 사이라도 그녀는 목소리 끝에 묻어나는 불길한 기운을 알아차렸다.

"네 번째 남자가 힘들게 하는 거야?"

"그냥....기운이 없어. 감기 기운이 있나 봐."

두 번의 이혼에도 너무 당당하고, 차가 없는 그녀 앞에서 벤츠를 모는 돈 잘 버는 친구가 네 번째 남자를 만나고 있다고 말하면 말이다.

배가 아플까…?

네 번째 남자와도 실패할 것 같은 불길한 기운을, 몸이 아프다는 변명으로 막아버려도 그녀는 알까?

"무슨 일인데?"

그녀는 급했다. 그녀가 싸 온 감기에 좋은 음식은 꼬리에 꼬리를 무는 질문으로 잊혀진지 오래다.

"무슨 일이냐고? 맨드라미 보러 병풍도 갔다 왔다며? 왜 비 맞은 병든 닭 모양으로 쭈그리고 있는데?"

"추워....발만 따뜻해도 살 거 같은데…"

식탁 위에 던져진 그녀가 싸 온 음식 봉투를 뜯으며 그녀가 던지는 질문을 막아버리고 싶었다. 그녀는 어떤 마음으로 음식을 싸 온 걸까. 내가 잘 살기를 바랄까. 그녀는 내가 살아가는 방식이 마음에 들까.

대화가 피곤해지기 시작했다. 서걱거리기 시작했다.

"지난 겨울 죽어가는 나무를 아파트 정원에 내다 버렸어…"

"그래? 병풍도 이야기를 해봐. 뜨겁게 사랑했다고 하지 않았어? 잘 지내고 있는 건 맞는 거야?"

'아...내가 그런 이야기도 했구나…'

"너는 제대로 알고 사귀는 거야? 그가 기르는 태오를 미워한다고 하지 않았나?"

소름끼쳤다. 아픈 것에 공감하지 않는 그녀가 태오 이야기를 꺼내며 태오의 눈처럼 빛나는 지점이 진위여부 라니.

"유미야, 요즘도 너는 아무에게도 선의를 베풀지 않는 하루에 경의를 표하니? 시를 쓴다고 스타벅스에 앉아서 사람들을 관찰하고 있니? 식물이 내는 소리도 듣기 싫다며 내가 사준 화분을 받지 않았던 그 날을 기억하니?"

말하고 싶었다.

그녀는 봉투에 싸여있던 음식을 식탁에 나열하면서 숟가락을 건네주며 말했다.

"내가 해결해 줄게. 고민이 뭐야?"

하필이면 그 숟가락으로 먹어야 할 음식이 삼계탕이어서, 하필이면… 유미가 그 닭을 뜯어주고 있어서 나는 발끝부터 따뜻해졌다.

유미야 네가 그랬잖아. "너는 남자를 모른다"고. 첫 번째 남자는 내가 팔랑대는 치마를 입고 그의 이야기에 팔랑대니까 당한 거라고 했지. 눈을 동그랗게 뜨고 대답만 잘하니까 속이기 쉬운 상대가 나였을 거라고 말했지. 결혼하고 보니 아이가 있었다는 사실에 너는 그랬잖아. "그럴 줄 알았다."

너는 어쩜 그렇게 잘 아는 거니?

두 번째 남자가 술만 먹으면 때린다고 말했을 때도 너는 그랬잖아. "그럴 줄 알았다."

나만 남자를 모르는 거니?

"언제까지 이야기할 건데? 그러니까 네 번째 남자는 진실된 사람이 맞냐고 물었잖아?"

유미야 너는 클럽에서 만난 세 번째 남자와 원나잇으로 끝나야 했다고 목에 핏대를 세우며 말했잖아. 술을 먹고 만난 가벼운 만남이 오히려 더 무게감이 있다고 말했을 때 너는 말했잖아. "개뿔, 내가 그럴 줄 알았다."

유미야, 이번에도 그런 느낌이 드니...?

태오의 까만 털이 빳빳하게 서는 날, 노란 눈이 더 선명하게 보이는 날이 있다.

커피잔에 쌓인 그의 담배꽁초가 수북해지면 그는 와인을 꺼내왔다. 달콤한 로제 와인을 시작으로 그가 알고 있는 철학적 사유가 과거 내면 여행으로 물들어 가면 그는 도수가 높은 포트 와인 베메스터를 꺼내왔다. 이제 그의 입에서는 단호한 "...다"로 끝나는 말은 없다. 격정적인 사랑 끝에 실수해버린 사정처럼, 여자를 배려하지 않는 이기적인 자세만을 강조하다 알아서 쏟아져 나오는 정액처럼, 그러다 그가 좋으냐고 물었을 때, 어느새 '하이, 이이데스요(はい゙

41

いいですよ°)'하고 있는 눈빛을 읽었을 때 쯤
인가 보다.

　그러고 보니 그의 오른손 네 번째 손가락에
는 이제 반지가 없다.

　"엄마는 아름다웠어. 아버지에게 맞고 파란
멍이 들어도 하얗게 빛나는 피부색을 이기지는
못했지."

　한 번도 만나지 못했던 그의 엄마가 자연스
럽게 그려진다. 하얀 피부, 검은 드레스, 가끔은
하얀 앞치마에 묻은 토마토케첩. 그렇게 말하
지 않았는데도 그가 말하는 그의 엄마는 그렇
다.

　그래서 만나고 싶지 않은 사람이다.

　"레고를 가지고 아주 높은 성을 쌓으면 엄마
는 먹고 싶은 것을 물어 봤어"

　"무엇을 만들어 먹었을까나…"

　진한 포트 와인에 이미 반쯤 눈이 풀려버린
나는 그의 과거 여행이 지루했다.

　"폭립을 먹고 싶어요… 라고 말하면 미안하
다 아들아 그건 어려워. 라고 말했지…"

　"그럼 포기했나요?"

　"아니, 엄마는 캔 옥수수 콘을 따서 폭립 모
양으로 만들어 왔어. 엄마는 나를 정말 좋아하
고 아꼈거든. 어떻게든 비슷한 것을 만들어 왔
지."

그의 입꼬리가 올라갔다. 이제는 정확히 보인다. 진한 와인에 취했어도 정확히 보인다. 그것은 웃고 있는 미소가 아니다.

"엄마는 버릴 것은 다 버리고, 찢을 것은 다 찢었어."

아마, 이쯤에서 내 손을 그의 손에 포개야 했다. 이제 나는 느낀다. 슬픈 이야기가 아니라는 것을.

"집에 가야겠어요…"

"가지마"

"너무 취했어요."

"자고 가"

하필이면 비틀거리는 내 손을 잡은 그의 손이 너무 차가웠다. 오늘은 가고 싶다고 뿌리치는 용기가 바닥에 굴러있는 와인 병에 채이자 와인 병들이 날카롭게 부딪혔다. 그때 발밑에 툭 걸렸다. 검은 털이 더 빳빳하게 서 있고 노란 눈동자가 더 선명하게 보이는 태오가 내 발밑에서 나를 바라보고 있었다. "아..!" 소름끼쳤다.

"태오야…" 그의 목소리가 끈적하다. 그의 목소리에 반응을 하듯 태오는 어느새 침대 밑으로 사라졌다.

검은색이 싫은데, 집에 가야 하는데 아마 그의 엄마도 검은 드레스를 입었을 것이라고 상상하는 찰나의 생각이 다리에서 힘을 빼앗아갔다.

"씻고 올게"

잠을 깨야한다. 와인 잔 사이 식은 커피잔에서 반쯤 남아 있던 커피를 들숨으로 넘겼다. 아주 오래 씻을 것이다. 강박처럼 결벽증이 있는 사람이니까. 샤워기 물줄기 소리 사이사이 콧노래가 들린다.

그의 방이 이제야 제대로 보인다. 연두색 형광펜을 손에 쥐고 초콜릿을 먹는 입 모양을 오물거리던 그때 그 도서관 서가처럼 그의 책꽂이에는 책이 많았다. 아, 책만 있는 게 아니다. 작은 인형, 카메라, 머그잔, CD와 수많은 DVD들이 책꽂이에 일렬로 나열되어 있었다. 독특한 물건도 보인다. 특이한 것은 책장이 오렌지 색이고… 중간 중간 여자의 손길이…

"1950년대 독일에서 쓰던 약장이죠. 책이 많죠?"

흠칫 놀랐다. 여자 목소리였다.

9

"당신의 믿음에는 건강과 힘이 있네요."

"모태 신앙이라 근근이 이어갈 뿐인데요…"

비밀번호를 알고, 아무 시간에나 불쑥 찾아올 여자, 오렌지 빛깔을 띄고 있는 책장에 꽂힌 책들이 명암에 따라 정렬되어 있었고 군데군데 생명력이 없는 조화 꽃이 여자의 손길을 탔을 거라고 추측하는 그 순간 들려온 목소리는 그의 엄마였다.

"신은 영원한 휴식이 아니라 영원한 생명입니다."

가끔은 내가 헌금을 낸 만큼 복을 줄 것이라고 믿고 지갑 두둑이 챙겨간 현찰을 헌금 봉투에 넣을 때마다 내 이름을 아주 정성스럽게 썼다.

현금이 헌금이 되는 그 순간, 내 이름을 가장 먼저 알아보고 벌 대신 복을 주리라 기대하는 어린아이 신앙일 뿐인데,

그의 엄마는 이 세상에 별로 애착이 없다는 이야기를 하면서 절대적 신앙을 강조하고 있었다. 그리고 나에게 독일을, 그리고 독일 신학을 설명하기 시작했다.

"베를린 중심에는 슈프레 강이 있어요. 그 북쪽 끝에는 박물관 섬이 위치해 있죠."

그녀 역시 사람을 향해 내뱉는 언어의 호흡에 온기가 없다.

"박물관 섬으로 들어가는 초입에 루스트 광장이 있어요. 한눈에 담기도 어려울 만큼 거대하고 웅장해요."

본격적으로 이야기할 것 같다. 그녀가 눈을 감았다.

"아… 그곳, 루스트… 그 루스트 광장에 독일에서 가장 큰 교회가 있어요. 베를리너 돔."

교회 이야기가 나오자 그녀의 입꼬리가 살짝 비틀어졌다. 익숙한 입꼬리다. 그녀의 아들도 웃고 있는 건지, 말하고 싶지 않은 이야기라 입술에 힘을 주는 것인지 알 수 없는 묘한 웃음을 짓는데, 그것이 입꼬리에만 반응하는데, 그녀의 입꼬리도 비틀어져 있었다.

"그 교회가 베를린에서 가장 돋보이는 건물일 수밖에 없는 이유는, 바로크 건축 양식 때문이에요. 아… 바로크 양식이 좋아요."

단숨에 들이켰던 커피의 잔해가 몸속에 남아 있지 않을 만큼 시간이 흘렀다. 온기 따위 없는 건조한 그녀의 언어는 나를 졸리게 했다.

갑자기 둔탁한 소리가 났다. 감았던 눈을 뜨고 상체를 구부려 나에게 가까이 다가오려 할 때, 그녀의 긴 드레스가 의자에 걸렸다. 의자를 끌고 자세를 바르게 하는 움직임은 둔탁한 소리를 물러가게 할 만큼 빨랐다.

그녀는 알았을까. 졸린 눈으로 내 마음의 소리에만 집중하고 있는 나에게 비틀어진 입꼬리를 가까이 보여주면서 말했다.

"그곳을 간다면 반드시 터키석 빛깔의 돔 바로 밑까지 올라가야 해요. 반드시요. 그래야 베를린 시내가 다 보여요."

그 순간 샤워를 하는 그의 콧노래가 더 커지고 있었다.

'아… 빨리 나와야 하는데…'

"아, 독일 가면 꼭 가볼게요. 꼭 가볼게요."

늦은 밤 갑자기 찾아온 그의 엄마는 나에게 경계가 없었다.

이미 나를 알고 있다는 듯, 그의 엄마도 그처럼 알고 있는 지식을 나열하며, 주입식 교육을 하는 선생의 말에 어느새 세뇌가 되어버려 선생

의 말이 진실이라고 믿어버리게 되는 그 말투만
을 사용했다.

"신의 휴식이 아니라면 나는 눈을 감을 거예
요."

메시지가 정확하지 않다는 것은 불안을 의미
한다. 그녀의 눈빛은 풀려 있었고, 독일을 동경
하고 있는 나에게 더이상 독일의 풍경을 말해주
지 않았다.

"베를리너 돔 중앙 상단에는 아픈 사람을 위
로하는 예수의 모습이 모자이크로 그려져 있어
요. 그리고 그 옆으로 마태, 마가, 누가, 요한이
있어요."

그녀는 내가 고개를 끄덕이기도 전에 말을
이어갔다.

"그곳에서 남편이 신학을 했어요."

"베를리너 돔에서요?"

대구할 가치가 없는 질문이라고 생각했나.
나의 질문이 공중에 분해되었다. 나의 존재는
그녀의 풀린 눈동자만큼 의미 없이 떠돌고 있었
다.

"미국보다 학비가 싸고 입학이 쉬운 라이프
치히에서 신학을 했어요."

"엄마, 독일 이야기는 그만 하세요."

여자와 자고 싶은 남자는 무려 1시간이나 씻
었다. 안경을 벗은 그의 눈동자는 생명력이 없
어서 더 진해 보이는 동공만이 퉁퉁 불어 있었
다.

"너도 이리 와서 앉아라."

여자 친구를 소개하고, 낯선 분위기를 회복하고.. 그래야 맞다. 아니 적어도 늦은 시간 불쑥 방문한 엄마에게 예우를 다할 것을 종용해야 맞다.

그는 이끌리듯 내 옆이 아닌 엄마의 옆에 앉았다. 무채색 긴 드레스를 입고 있는 그의 엄마 옆에는 그와 그의 고양이 태오가 함께 했다. 잠이 화들짝 다 깼다.

손때 묻은 오렌지 책장에서 그의 엄마가 오래된 책 한 권을 빼 왔다. 그 책을 펼치면서 그녀는 말했다.

"이 책은 남편이 독일에서 공부했던 존 칼빈의 '기독교 강요'라는 책이죠."

아… 그곳에서 보았다. 중요 문장이 가득했는지 연두색 형광의 빛깔이 책 곳곳에 스며들어 있었다.

도서관 서가에서 연두색 형광펜을 떨어뜨리지 않고 그가 외우고 있는 그 책 위에 연 형광의 빛깔을 물들이고 있을 때, 나는 그가 오물거리고 있는 입을 보았고 내가 가지고 있는 연두색 형광펜이 그도 있어서 운명처럼 그만 쳐다봤는데, 이제는 그의 아버지가 남긴 연두빛만이 보인다.

그는 아버지를 미워한다고 했다.

나는 그의 아버지가 궁금했다.

다시, 그의 엄마는 눈을 감았다.

"남편이 신학을 공부했던 라이프치히 남쪽으로 드레스덴이 있어요. 우리는 엘베강 안쪽에 위치한 구시가에 살았어요. 아, 구시가와 신시가를 가로지르는 교량이 일곱 개나 됩니다. 독일의 피렌체라고 불리는 드레스덴은 예술의 도시라고 불려요. 그곳에서는 음악이 끊임없이 흘렀어요. 남편이 공부하러 나가면 아들과 골목길을 따라 음악이 흐르는 근원지를 찾아다녔어요. 독일 사람들은 게을렀어요. 골목이 조용했어요. 사람이 없었어요. 일곱 개의 교량을 의식처럼 매일 건넜어요. 그래야 밤새 우울했던 감정을 날려 보낼 수 있었고, 그래야 내 몸에 물든 파란 멍이 흐려졌어요."

아버지가 언급될 때마다. 그는 괴로운 듯 미간을 찡그리고 있었고, 태오는 그의 고양이 태오는, 그녀의 무릎 위에서 아주 편안하게 쌔근대고 있었다.

이제 나는 태오가 소름 끼치지 않았다.

이제, 나는 그의 가족이 궁금해졌다.

"골목길 끝에 작은 교회가 있어요. 그 교회에서 눈물로 기도하면 아들이 내 눈물을 닦아줬어요."

"아… 엄마, 그만…"

그와 그녀의 목소리에 온기가 들어갔다.

나는 어느새 그녀와 그가 머물렀던 독일 골목길에 들어가고 있었다.

10

places we won't walk

Sunlight dances off the leaves
햇살이 나뭇잎 사이로 스며들고

Birds of red color the trees
나무 위에는 빨간 새들이

Flowers filled with buzzin' bees
꽃에 벌들이 윙윙거리며 날아다녀요

In places we won't walk
우리가 다시는 걷지 못할 이 곳에서요

Neon lights shine bold and bright
네온사인 불빛이 밝게 비치고

Buildings grow to dizzy heights
빌딩들은 어지러울 정도로 높이 솟아있어요

People come alive at night
밤인데도 사람들은 신이 났어요

In places we won't walk
우리가 다시는 걷지 못할 이 곳에서요

Children cry and laugh and play
아이들은 울고, 웃고, 뛰어놀고

Slowly hair will turn to gray
머릿칼은 점점 회색으로 변해요

We will smile to end each day
우리는 매일매일을 웃으며 마무리 할거에요

In places we won't walk
우리가 다시는 걷지 못할 이 곳에서요

Family look on in awe
가족들은 경외심을 가지고 바라볼 거에요

Petals decorate the floor
꽃잎이 바닥에 잔뜩 있어요

Waves gently stroke the shore
해안에 파도가 부드럽게 치고 있어요

In places we won't walk
우리가 다시는 함께 하지 못할 이 곳에서요

Children cry and laugh and play
아이들은 울고, 웃고, 뛰어놀고

Slowly hair will turn to gray
머릿칼은 점점 회색으로 변해요

We will smile to end each day
우리는 매일매일을 웃으며 마무리 할 거에요

In places we won't walk
우리가 다시는 만나지 못할 곳에서.

"유미야, 나 임신했어."
"미쳤구나, 너."
두 번의 결혼이 속아서 결혼했다는 변명조차 세월의 무게에 잊혀질 수 있는 건, 아이가 없다는 건데, 세 번째 남자가 원나잇으로 만나다가 헤어졌어도 기억에서 지워질 수 있다는 건, 어쩌면 그와 나의 연결고리가 없다는 건데. 난 네 번째 남자의 아이를 가졌다.
"말해야 할까?"
"중요한 건, 그 남자를 사랑하냐는 거지."
그녀가 말했다.
"난, 너의 남자들을 증오해. 지금도 뭐, 네 번째 남자라는 수치 외에는 의미를 두고 싶지 않아. 그런데 임신은 달라. 듣고 있는 거니?"
듣고 있던 음악의 볼륨을 줄이기 위해 그녀가 내 옆으로 다가올 때까지 나는 Bruno Major가 고백하는 문장에 머물러 있었다.
'In places we won't walk 우리가 다시는 만나지 못할 곳에서.'

"유미야 난 그를 벗어날 수 없을 거 같아. 그 사람을 잃으면, 만나지 못하면 말이야... 하얀 린넨 침대보가, 늘 마시던 일리 포르테가, 의식처럼 잘 때마다 마셨던 포트 와인이…의미가 있을까."

"내가 그럴 줄 알았다."

그녀의 질문만큼 그녀의 어조는 강했다.

"이제는 태오가 보고 싶어서 그의 집에 가게 돼…"

"내가 그럴 줄 알았어, 넌 사랑을 하는 게 아니야. 사람을 찾는 거지. 못 받아 본 사랑 때문이라고 변명하지마. 그가 지식을 나열한다고 했을 때, 난 알았다. 그의 아버지가 그의 엄마를 가스라이팅으로 폭행을 한다고 했을 때, 난 이미 예감했다. 너도 불 꺼진 거실을 환하다고 말할 거라고 말이지. 너도 이미 그에게 넘어갔어. 넌 이미 껍데기야. 정신 차려. 네가 가지고 있는 차는 이미 그가 몰고 있다며? 네가 아끼고 있는 침대에서 그가 뒹굴고 있다며? 커피를 내려주고 와인을 따라 주는 것 외에는 너를 위해 희생하는 것이 없다며?"

그녀는 내가 내뱉었던 말을 정확하게 기억했다. 그것이 나를 아끼는 그녀의 사랑 방식일지도 모른다.

그녀가 의도적으로 줄여 놓은 음악 볼륨은 한 곡 반복 재생 기능을 다하고 있었다. 내 마음 속에는 여전히 같은 문장만 맴돌 뿐이다. 나를 바로잡으려는 그녀의 질문이 넘쳐날수록 나는 눈을 감고 더 가사에 몰두했다.

'… Stay..Places we won't walk'

"거짓도 사랑할 수 있냐고?"

몇 번의 질문이 더 있었겠지… 그녀가 묻는 마지막 질문에 감았던 눈을 떴다.

"유미야...그와 헤어질 수 없을 거 같아. 너에게 아직 하지 못 한 말이 있어… 아이를 낳아야겠어…"

그의 엄마를 처음 만난 곳이 그의 거실이었고 그의 엄마를 마지막으로 본 것도 그의 거실이었다.

"하루는 박물관 섬을 거닐면서 상상했어요. 남편 말을 거역하면 하나님이 벌을 주실지 상상했어요. 남편이 강요하는 방식이 맞지 않다고 말하고 싶었어요."

그는 과거를 회상할 때마다 미간을 찡그리곤 했는데 그의 엄마는 이미 묻혀버린 이야기처럼 말했다. 오히려 그의 얼굴이 자꾸 일그러졌다. 그의 옆으로 다가가 그의 차가운 손에 나의 손을 포갰다.

"슈프레강 교량은 아름다웠어요. 돌로 만든 다리를 건너면서 강 밑을 바라보면 아들은 불안해 했어요. 뛰어내릴 수 없는 높이인데도 아들은 내 손을 잡아당겼어요. 아들은 어렸으니까요."

"엄마 어리지 않았어요. 다 기억한다고요."

"그래… 기억하지? 한국 나무보다 열 배 이상은 큰 나무들이 그득했지. 강바닥으로 나무색이 비치면 강물은 온통 초록색이었잖아? 기억하지, 아들…?"

"엄마, 독일 이야기는 그만해요 세빌…"

대화가 서걱거렸다. 그의 엄마는 평안했지만, 그는 불안해 보였다.

"한 날은 남편이 돌아올 시간보다 늦게 들어 갔어요. 파란 멍이 붉게 퍼지는 날이었어요. 곧 흐려질 거라는 뜻이죠. 소리 없는 음악, 움직이지 않는 몸짓, 안부 없는 사랑… 맞아요. 우리 집은 언제나 어둡고 조용하고 사랑이 없었어요."

"엄마…"

과거를 회상하는 그의 엄마가 그의 아버지를 말하고 있는데, 그는 불안했다.

"남편은 기독교 강요를 외웠어요. 왼손에는 연두색 형광펜이, 오른 손으로는 시큼한 냄새가 나고 딱딱한 호밀이 들어간 빵을 뜯고 있었어요. 빵을 입에 넣고 오물거릴때 나는 그 앞에서 대기하고 있었어요. 늦게 들어 갔으니까요. 남편이 말할 때까지 기다렸어요."

어디쯤에서 고개를 끄덕여야 하나, 어디쯤에서 울어야 했을까, 어디쯤에서 그를 안아줘야 하나…

어두운 그의 과거가 그의 엄마 입으로 토해지고 있었다.

독일의 거리와 슈프레강의 아름다움 따위는 건조하게 뱉어내는 그의 엄마의 문장에 녹아내렸다. 어느새 태오는 내 무릎 위로 올라왔다.

내가 태오를 쓰다듬는 건, 마치 그를 안고 있는 행위보다 더 용기가 필요했으리라.

어느새 나는 그의 엄마를 옹호하고 있었고 어느새 나는 그의 아버지를 증오하기 시작했다.

어쩌면 그의 아버지는 죽어도 되는, 과거에 묻혀버린 사람이었으면 좋겠다고 생각했을 수도 있다.

어느새 말이다.

11

"큰 강의 시작과 끝은 어차피 알 수 없잖아
요. 하지만 슈프레강의 물줄기가 어디서 시작했
는지는 알 수 있어요. 베를린은 엘베강과 슈프
레강이 맞나는 지점에 있어요. 어느날, 아들이
말했어요. 엄마, 'Bearlin'이 무슨 뜻인지 알아
요? '새끼곰'이라는 뜻이래요.! 그거 알아요? 의
미를 부여하는 순간, 달라 보이는 거...베를린이
좋았어요."

그의 엄마는 너무 많이 말을 했다. 바짝바짝
타들어 가는 건조한 입술에 물길을 대주고 싶은
데, 그의 엄마는 임종을 앞둔 사람이 큰 복의 말
을 남기고 가야 하는 빚쟁이처럼 말을 이어갔
다.

"긴말 전하지 않아도 눈만 쳐다봐도 기뻐서
출렁이는 웃음을 보고 싶었어요. 슈프레강에 햇
빛이 쏟아지는 날, 은빛 고기 비늘 같은 윤슬이

나를 유혹했어요. 그때….아들이 내 손을 잡아끌지 않았다면…"

어느새 그의 엄마는 '…다'로 끝나는 문장이 없었다. 나에게 경계가 없는 그녀는 짧고 어색한 관계가 무색하리만큼 우리 사이에 막혀있는 물길을 툭툭 제거해주고 있었다. 그의 엄마의 '…요'가 사랑스러웠다.

그도 더이상 엄마의 말을 막지 않았다. 그와 나는 부모의 임종을 지키며, 우리 머리에 손을 대며 복의 복을 기원해주는 손길, 맞다. 창세기에 등장하는 이삭이 장자 에서에게 주려고 했던, 동생 야곱이 뺏어갔던 그 축복권을 받고 싶은 마음으로 듣고 있었다. 나는 어느새 그의 엄마의 딸이라도 되고 싶었다. 야곱이 장자권을 뺏고 싶어서 에서 몸에 잔뜩 난 털을 모방했듯이, 나는 그의 고양이 태오가 풍기는 냄새와 공중으로 날리는 털을 참아가면서 계속해서 태오를 쓰다듬었다. 마치 내 무릎 위에서 잠을 자고 있는 태오가 나의 몸의 일부라도 된 것처럼 계속해서 태오의 목을 그루밍해 주었다.

"저 멀리 바라보는 윤슬이 눈이 부시게 아름다운데, 다리 밑은 시커멨어요. 그 새까만 강 바닥에서 남편의 얼굴이 떠올랐어요. 남편이 돌아올 시간이 지났다는 것을 느꼈어요."

딱딱한 호밀 빵을 오른손으로 뜯어 먹으면서 왼손에는 연두색 형광펜을 들고 있었다는 그 날이다.

나는 사람과 대화를 하면 현상 뒤에 숨어있는 본질을 예견할 수 있다. '물길을 항상 맑게 고집하는 사람과 친하고 싶다'고 말하면 그 반대의 사람에 이미 지쳐있다고 듣는다. '내 혼이 잠잘 때 가장 사랑하는 사람이 나의 얼굴을 쓰다듬어 주었으면 좋겠다'고 말하면 그런 사람 하나조차 없다고 듣는다. '그대를 생각할 때면 언제나 싱싱한 강물이 보이는 시원하고 고운 사람을 원한다'고 말하면 답답하고 거친 사람과 살고 있다고 듣는다. 내가 그런 사람이다.

딱딱한 호밀 빵조차 아껴 먹으며 땅에 흘린 부스러기조차 주워 먹었다는 그의 아버지 앞에서 아름다운 윤슬을 보고 돌아온 그래서 눈빛에 윤슬같은 눈물이 가득찬 그래서 안부없는 사랑에 지쳤다고 소리칠 수 있는 그날, 그의 엄마는 그의 아버지를 버렸다.

지금이 크라이막스일까, 그녀의 이야기가 절정인지 결말인지도 모르는데 주책없이 너무 많이 울어버려서 태오가 내 무릎 위에서 뛰어내렸다.

귀가 멍멍하고 마음이 먹먹함을 넘어 숨이 가빠지기 시작했다. 그의 엄마가 남편을 죽였다고 들었는지, 버렸다고 들었는지 알 수가 없었다.

그때 태오는 어느새 그의 무릎 위로 올라갔다. 아마 그가 울고 있기 때문이라고 생각했다.

"엄마…엄마는 오래 참았잖아요…"

그와 그의 엄마가 독선적이고 이기적인 남자를 피해 한국으로 도망치고 무채색 옷을 입고 무채색 가구와 무채색 침구를 쓰고 산다고 그가 덧붙인 것 같다.

그의 엄마가 손을 내밀었다. 긴 과거 여행을 마치고 돌아와서 긴 여행의 끝점에서 만난 사람이 나라서 고맙다고 했다. 그의 엄마의 손이 따뜻하지 않았다. 너무 끈적거렸다. 땀을 흘리고 나서 닦아야 하는 그 손의 끈적함이 나의 하얀 손위에 포개질 때 그녀는 말했다.

"우리 아들을 부탁해요…"

"유미야, 있잖아 너에게 하지 못한 말이 있어… 아이를 낳아야겠어."

"하지 못한 말이 결혼을 해보니 아이가 있다거나, 결혼을 해보니 폭력적이라거나 하룻밤 원나잇을 해보니 너를 소유물처럼 여긴다거나 그런 말은 아니지?"

"유미야, 그는 나 없으면 아무 것도 못해. 아니 나는 그가 없으면 아무 것도 못해. 아이를 낳아야겠어. 말해야겠어."

"그니까 하지 못한 말이 뭐냐고?"

"지난 겨울 죽은 나무를 버린 적이 있어. 마른 뿌리를 땅에 묻고서 나무의 본분대로 그렇게 세워두고 왔어. 차라리 그냥 다 버려지도록 두고 왔으면 좋은데 조금씩… 조금씩… 신경이 쓰이는 거야."

"아… 그럴 줄 알았다. 넌 또 그 남자에게 넘어갔어. 넌 조금씩 조금씩 넘어간 거야. 그치?"

"남 몰래 조금씩 가서 봤어. 하루는 뿌리를 더 깊게 박아주고 왔어. 눈 조차 내리지 않아서 건조한 하루의 끝에는 물 한 바가지 퍼붓고 왔어."

"그니까 너는 그 남자를 변화시킬 수 있다고 믿는 거구나. 죽은 나무가 살아날 거라고 믿는 거지? 뿌리를 박아 주고 물을 주면 죽은 나무가 살아난다고 믿는 거지?"

"맨드라미 씨를 품은 남자가 꽃을 피운다면?"

"너는 미쳤다. 내가 그럴 줄 알았다고."

… 거짓도 사랑할 수가 있을까.

그는 아버지를 잃고 그의 엄마를 잃었다.

나는 진실을 잃었다.

나는 그에게 몸을 주고, 돈을 주고, 집을 주고, 차를 주고, 물을 주고, 뿌리를 박아 주었다.

지난 겨울 내다버린 나무가 연두빛 잎이 나고 연분홍 꽃이 피고 있는데 그는 맨드라미를 피우지 못했다.

그는 1년째 놀고 있었다. 내 하얀 린넨 침대 위에는 그와 태오가 잠들어 있다.

그가 말했다.

"나는 슈프레강 교각 아래에 있는 새까만 강바닥을 봤어. 엄마 손을 잡아끌면서 드리우는 어두운 그림자를 봤어. 나는 무채색이 싫어졌어."

그리고 덧붙였다. 우리 집이 풍기는 하얗고 뽀얀 풍경에서 쉬고 싶다고 했다. 그리고 말했다.

"네가 뿌리는 향수는 파우더리해서 너의 살갗 냄새 같아. 부드러운 너의 살을 너의 향기가 가득한 곳에서 느끼고 싶어."

나는 그를 위해 아쿠아 디 파르마 레몬 향수를 몸 깊숙이 아주 많이 뿌리고 있었다.

12

무채색이 가득한 그의 집이 가물가물하고 그의 엄마가 들려준 무채색 이야기가 가물가물한데, 나는 엄마가 보고싶다. 미치도록 보고싶다. 그리고 홍콩의 가을이 보고 싶었다.

프로이트는 집을 '자궁'이라고 하고 칼 융은 '피난처'라고 했는데, 나의 엄마와 아버지는 집이 없다. 어쩌면 아주 편안하게 웅크리고 자야 할 자궁을 찾는지도 모르겠다. 이북에 두고 온 가족을 그리워하다가 병이 든 나의 아버지는 마지막 여생을 호스피스 병동에서 머물겠다고 했다. 평생을 간호사로 살았던 엄마는 아버지의 바람대로 호스피스 병동에서 아버지를 위한 간호사로 살겠다고 했다.

엄마의 '자궁'도 그 곳이었을까.

홍콩 메기즈 센터는 죽음을 앞둔 사람들을 위해 가정집 모양을 했지만, 가정집이 아니고, 예술의 혼을 넣었지만, 미술관은 아니고, 종교적 성향을 띄었지만, 교회는 아닌 그런 호스피스 병동으로 지어졌다.

나는 병원을 방문하면 좌절감이나 환영받지 못 한다는 느낌을 받았다. 그 병원에서 평생을 일한 엄마가 다시 병동으로 들어간다고 한다.

게다가 호스피스라니, 평생을 하얀 병동에서 하얀 가운을 입고 아픈 환자들에게 온화한 미소를 보냈을 나의 엄마에게 죽음의 곡소리조차 묻혀버릴 하얀 색 건물로는 보내드리고 싶지 않았다.

"만일 우리의 행복이 심미감에 영향을 받는 것이라면, 감옥 같은 창문과 얼룩진 카펫 타일, 플라스틱 커튼 같은 것들을 바라보도록 강요하는 병원 환경은 우리에게 어떤 영향을 미칠 것인가?" 라고 역설했던 알랭드 보통의 말을 빌리지 않아도 나는 강박증처럼 하얀 건물을 싫어했다.

"여보, 황해도 해주가 지척인데 그곳에서 누이와 어머니와 살결을 맞대고 냄새를 맡고 기쁘고 슬픈 속 사정을 말하고 싶소."

"그런 날이 올 거예요."

엄마와 아버지는 그렇게 대화를 했던 것 같다.

"여보, 인공위성에서 지구를 보면 예쁜 옥색 구슬로 보인다고 하네요. 여기 사진을 좀 보세요. 해주가 보이나요?"

임종이 임박한 아버지를 위해 엄마의 언어는 아주 편안하고 아늑했다. 사랑하면 닮아간다고 했나. 그늘이 많은 아버지 옆에는 웃고 있어도 슬픈 엄마의 그늘이 드리우고 호스로 연명하는 아버지의 목숨 줄 끝에 엄마의 뽀얀 살은 늘어지고 근육이 사라져갔다. 먹어도 살이 찌지 않는 앙상한 뼈마디만 보일 때 나는 말했다.

"엄마, 이러다가 엄마가 죽어…"

"홍콩의 가을이 보고싶어."

1년째 놀고 있는 그에게 처음으로 나의 가족 이야기를 꺼낸 이유는 엄마가 보고 싶기 때문인데… 그는 태오를 무릎에 앉힌 채 책만 읽고 있었다.

아버지를 증오한다는 그는 여전히 강박처럼 연두색 형광펜을 손에 쥐고 있었고, 처음 만난 그 느낌처럼 입을 오물거리면서 책의 문장을 암기했다.

'내가 듣지 않는데, 이제 누구를 위해 저 문장들을 나열할까?'

"자기 엄마는 홍콩에 있잖아."

"그니까 가자고...홍콩, 지금 쯤이면 홍콩은…"

66

그리움이 묻어있는 홍콩을 말하는데 그는 홍콩의 지식을 나열했다.

"홍콩의 가을이라. 지금 가면 홍콩은 늦여름이겠네."

휴대폰으로 검색을 한 것이 하필이면 홍콩의 날씨라서, 여전히 나의 과거는 궁금해하지 않을 것 같아서 그리움이 묻어나는 엄마 이야기는 채 꺼내지도 못했는데 그는 말했다.

"홍콩은 지금 한 낮의 기온이 30도야. 습도는 60퍼센트나 되네. 꼭 가야 돼?"

맨드라미가 가득한 병풍도를 갈 때는 그의 고양이 태오 때문에 못 간다고 하지 않았나. 내 목소리에 비아냥이 들어갔을 수 있다.

"태오를 데리고 가자."

의아하다는 듯 내 얼굴을 한 번 쳐다보고는 메기즈 센터 건축 양식을 예찬하기 시작했다. 나의 엄마가 계신 그곳이 그가 나열하는 상식으로 대체 되는 것이 끔찍했다.

"건물의 디자인이 병을 회복시켜 줄 수 있다고 믿어?"

"어느 정도는…"

그가 물었고 내가 답했다.

"노르웨이 오슬로 시에 있는 아케르후스 병원과 메기즈 센터와 다른 점이 뭔지 알아?"

"뭔데?"

"치유센터가 따로 구비되어 있는 거지. 마치 요새처럼 감싸고 있어서 그곳이야말로 실버타운이지."

'우리 부모님이 계신 곳은 요양소가 아니야. 엄마는 거기서 쉼을 얻은 게 아니라 죽음을 준비했던 분이야. 아버지를 위해서!'

말하지 못 했다.

나는 습관적으로 속울음이 차오르면 목 젖까지 차오르는 문장을 다른 누군가와 대화했다.

그게 유미였을 것이다.

아직 아기를 가졌다는 말도 못 했는데 우리는 홍콩을 택했고 아직 엄마가 계신 곳을 가지 않았는데 그는 쇼핑을 하자고 했다. 아버지를 사랑했던 엄마도 아버지의 말에 순종했다.

그를 사랑한다고 믿는 나는, 그의 말을 한 번도 거스르지 않았다. 홍콩의 가을에 엄마가 있는데, 아직 나는 그를 따르고 있다. 습도가 가라앉은 밤이 되어서야 홍콩의 밤이 보이고 엄마가 보고 싶어졌다.

기억이 부풀어 오르고 있다.

아… 거짓도 사랑할 수 있을까…

13

우리는 란콰이펑 비스데카에서 스테이크를 먹었다. 그는 습도는 내려갔지만 여전히 땀이 나는 늦여름에 홍콩에 온 것을 끊임없이 불평했다. 스테이크를 씹고 있는 입에서 오물이 튀어나오자 그제서야 오물거리는 입을 멈추고 불평까지 쉬어갔다.

'오늘은 이야기 해야겠어.'

주말의 란콰이펑은 사람이 들끓었다. 엄마가 그리운 나는 사람이 많은 그곳에서 그를 붙잡고 말했다.

"좀, 걷자…"

빛바랜 홍콩의 골목은 BTS 음악으로 색채가 더해졌다. 홍콩에 울려 퍼지는 청년들의 〈Dynamite〉가 하필이면 Holiday Remix 버전이라서 검은 골목길마다 폭죽이 터지고 한국을 사랑하는 BTS 아미들은 춤을 추었다.

"1997로 가자, 거기 가면 독한 술을 먹을 수가 있어. 홍콩에 오면 '1997 클럽'에 가야 하지."

그는 란콰이펑 골목 끝에 위치한 클럽에서 독한 술을 마시며, 죽었어야 하는 아버지를 투사하고, 죽어선 안 되는 엄마를 그리워했다.

'나는…? 이제 말해야겠어…'

"엄마에게 가자. 엄마가 보고 싶어."

"그래, 가야지. 내일 가자."

무채색 침구가 무채색 가구와 뒤엉켜 있던 그의 집은 팔리지 않은 채 비어있다. 엄마가 없는 곳에서 살 수 없다며 오열했던 그는 하얀 벽지와 주황빛 조명이 드리운 빳빳한 린넨 침대 위, 나의 집에 태오와 함께 들어 왔다. 따뜻한 나의 공간에서 지적 욕구가 강한 그가 성적 탐닉조차 책에서 배운 대로 어쩌면 연두색 형광펜으로 밑줄을 그었을 그 자세를 요구하고 거친 숨소리를 토해낼 때 그는 물었고 나는 대답했다

"좋아?"

"좋아…"

끈적한 습도를 제거하기 위해 그는 루틴처럼 한 시간을 씻고 있다. 그를 기다리는 동안 나의 기억이 부풀어 올랐다. 다행히 홍콩 호텔의 침구가 코튼 렛이다.

'오늘은 말해야겠어…'

그를 처음 만났을 때 나는 안경 뒤에 숨어있는 그의 눈매가 지적이라고 생각했다. 하얀 손

70

가락이 빛나 보이는 이유가 도서관 큰 창가에서 쏟아져 들어오는 햇살 때문인지 나는 그때 그의 하얀 손가락 사이에 꽂혀있는 연두색 형광펜이 사랑스러웠다.

맨드라미가 흐드러지게 피어 있는 도서관 구석에서 서서 걷는 법보다, 읽고 말하는 법보다 사랑하는 방법을 배우고 싶었던 나의 열망이 내 눈 가득 담겨있어서 어김없이 남자가 주는 단순한 질문에도 나는 흔들렸다.

기억이 부풀어 오른다.

맨드라미가 병풍처럼 가득한 병풍도에서 그는 나를 탐닉했고, 나는 그의 고양이 태오에게 나의 민낯을 다 들켰다. 몸을 주고, 돈을 주고, 차를 주고… 아… 나는 무엇을 얻었나.

두 번의 이혼이 아무것도 아니라고 말했다. 아버지를 사랑한 엄마의 순종이 매끈히 잘 조율된 바이올린 소리를 냈다. 그렇게 나의 가정은 문제가 없었는데, 나는 두 번 이혼했고 여전히 남자를 잘 몰랐다. 그저 남자가 조율하는 대로 만들어지는 소리만 낼 뿐이었다.

이제는 주황빛 조명에 흔들리는 침대 위에서 하얀 린넨 침구가 세제를 잔뜩 머금은 더 하얀 빛깔이기를 바랐다. 하얀색이 싫은데 하얀색을 원하고 강박처럼 그의 속옷을 빨고 빨았다.

검은 밤, 뿌연 조명이 더 흐려 보이고 간간이 바람에 부딪히는 나뭇잎 소리가 서걱거리면, 나는 유미를 찾았다.

"유미야, 꿈속 장면이 바뀌지 않아. 그가 나오고 그의 엄마가 나오고, 긴 드레스가 슈프레강 교각 밑에 있는 검은 파도로 바뀌곤 해…"

"내가 그럴 줄 알았다. 넌 미쳐가는 거야. 이제는 말해야 해. 사랑하지 않는다고. 말해야 해!"

"유미야, 그는 이제 돈을 벌지 않아. 이제는 커피 이야기도 와인 이야기도 밑줄이 가득한 책 이야기도 하지 않아. 그는 나를 탐해. 더 무서운 것은 내 방 침대 아래에 태오가 있는거야."

"내가 그럴 줄 알았다. 말했어야 했어. 헤어졌어야 했다고. 넌 미쳐가는 거야…"

그는 한 시간이나 씻었다. 다행히 호텔 침구가 코튼 렛이라서 나는 나른한데, 그래서 부풀어 오르는 기억 속으로 숨어 들어갔는데 그는 나를 탐했다.

'이제는 말해야겠어…'

"나, 임신했어."

"유미야 기억이 안 나… 호텔 창 밖으로 BTS 노래를 부르는 사람들이 가득…가득해… 내 귀에 선명해."

Cos ah ah I'm in the stars tonight Shoes on get up in the morn Cup of milk let's rock and roll King Kong kick the drum rolling on like a rolling stone Sing song when I'm

walking home Jump up to the top LeBron
Ding dong call me on my phone Ice tea and
a game of ping pong

"유미야… 기억이 안 나… 그는 어디에 있을
까, 유미야…"

"정 유미씨! 정 유미씨!"

나의 남자들은 거짓을 말했어.
기억이 부풀어 오른다.

"정 유미 환자!"

"유미야, 거짓도 사랑할 수 있을까."

유미가 유미에게

유미야 엄마가 보고싶어...

침대 머리 맡에서 엄마가 들려주는 옛날이야기를 들으면 엄마의 치아 사이로 바람소리가 사그락 사그락 조율되어 나오곤 했어.

그 나른한 바람결 같은 엄마의 목소리를 들으면 어느 새 잠이 들어 버렸는데, 아침에 깨어보면 그건 옛날 이야기가 아니었어.

황해도 해주에 사는 아버지의 아버지 이야기였고, 그 아버지를 사랑하는 엄마의 이야기였어 엄마는 마음이 아픈 사람을 위로하고 몸이 아픈 사람을 치료하고 몸과 마음이 다 아픈 사람에게는 영혼까지 주는 사람이었지.

유미야 너는 구르지예프를 아니?

인간이 어디에서 왔고, 어디로 가고 있으며 인간이 망각하고 있는 존재의 목적과 의미를 아주 생생하게 설명해 주는 사람이지.

영적스승이라고 불리는 구르지예프는 '행동 속에서 자신을 알아차리기'를 강조하더라.

영적 스승의 진리를 몰라도 난 이미 다른 사람의 행동을 관찰하고 다른 사람이 흘린 말을 주워들으며 마음을 알아차리는 것에 익숙해

'재치있는 농담'을 제대로 날렸다고 흡족해 하는 그 사람을 보면서 그 농담이 슬픔이나 외로움을 피하기 위한 수단이었음을.

다 잠들어 있는 새벽에 오히려 몽롱한 정신을 깨기 위해 커피 한 잔 하고 있다며 철학적인 문장을 보내면 누군가를 사랑하고 있음을

긴 이야기 끝에 낡은 털 장갑과 따뜻한 머플러를 흘리고 갔다면 지둥대는 한 겨울의 복판에 있는 사람을 위로하기 위해서라는 것을, 나는 알아.

마음이 아픈 아버지를 사랑하는 엄마가 그랬고, 그 엄마를 제대로 닮은 내가 그랬어.

그래서 엄마가 보고싶어.

몸은 놀라운 지성과 민감성을 가지고 있다고 해. 인간은 자신만의 언어와 지혜의 방식을 가졌으니까.

오스트레일리아 원주민들은 몸의 지성과 더 열린 관계를 가지기 위해 의식을 치렀다지.

끊임없이 의식을 확장하면 수 천 마일 떨어진 친척이 아픈 것도 맞추었다고…

엄마가 그랬어.

북에 두고 온 가족을 잊지 못하고 술만 먹으면 화를 내고 아이처럼 울어버리는 아버지에게 화를 내지 않았어.

생각과 다르게 행동을 하면 부끄러워 숨었던 아버지에게 북에서 먹었다는 해주 음식을 만들어주고, 이불장 목화 솜 사이에서 가장 따슙게 데워진 밥 한공기를 꺼내면서 말했어.

"아버지는 외로운 거야…"

그때 나는 밥 한 공기가 사랑이라는 것을 알아차렸어.

아버지는 정조를 아주 강조했어. 사랑은 하나라고 했지. 한번 누군가를 사랑하면 영원히 사랑해야 한다고 했어. 가끔은 북에 두고 온 사람이 첫사랑일까 궁금하기도 했어. 아버지의 사랑방식이 다른 사람에게는 원칙을 강조하고 딱딱한 막대기처럼 마른 언어를 토해 내니까 아버지는 친구가 별로 없었어. 집에 들어오면 책상을 정리하고 신발을 정리하고 엄마가 삶아놓은 행주를 한번 더 삶았어. 아버지를 사랑했던 엄마가 힘들어 했던 부분이지…

어느날, 병원 근무를 마치고 들어 온 엄마가 방에서 흐느끼며 우는 거야.

그 옆에서 아버지는 혼잣말로 알아들을 수 없는 말을 하고 있었어.

"내가 어릴 때 코피를 자주 흘렸어. 아버지는 내가 기도를 너무 열심히 해서 그렇다고 했어. 열심히… 열심히가 어느 정도냐고…"

엄마는 아버지의 읊조림을 온몸으로 받아 적고 있었어. 자꾸 울었어…

꿈꾸기와 받아적기의 동시성이 이렇게 우울하게 하는 구나. 우리 가족은 찢김의 틈새로 눈물이 넘치고 있구나…

그때 어린 나는 왜 그런 생각을 했을까.

엄마에게 말했어.

"엄마! 우리 교회 나가요!"

유미야

성스러운 것과 속된 것 사이에서 부유하고 있다면 오스트레일리아 원주민처럼 의식의 확장이 필요했던 거야.

당신과 나 사이에서 울고 있다면 떠돌고 있는 영혼들을 위로한다는 신이 필요했던 거야.

다행인 것은 교회가 작고 조용하고 헌금과 원칙과 교리를 강조하는 목사는 없었어.

모자이크 창문으로 들어오는 따뜻한 햇살이 손때묻은 교회 가구들을 감싸고 있고, 기도 모양을 본 뜬 싯딤 십자가에서는 아카시아 향이 났어.

유미야 그 날은, 가난한 사람들도 찾아가서 예배드린다는 크리스마스 아침이었고 이미 빵과 우유로 넉넉해진 사람들이 빠져 나간 뒤였고 엄마와 나는 이유모를 눈물이 펑펑 흐른 아침이었다.

때마침 내 눈물을 닦아주는 손길이 있었고 내 작은 손 위로 아직 식지 않은 단팥빵과 출렁대는 하얀 우유가 들어있는 작은 유리병이 전해졌어.

　사랑이구나…

　아, 이것이 사랑이구나…

　그때 엄마는 조가비로 만든 예쁜 지갑을 열어 만원을 주면서 말하더라.

　"감사합니다… 감사합니다…"

　유미야, 나도 덩달아 말했지.

　"목사님, 우리 아버지를 위로해주세요." 목사는 그저 웃더라…

　눈물이 사라지고 떠돌던 영혼이 쉬어 갔던 그날, 우리는 최초의 헌금을 냈고 기적을 체험했어.

　크리스마스의 기적을...

첫 번째 남자

기숙사 배정을 받지 못하고 작은 원룸을 얻어서 혼자 살았던 나는 서울이 생경했다.

학교와 집 그리고 도서관만을 다녀야 했던 이유는 친구가 없던 대학 신입생이었고, 웃다가 울어버리는 나약한 아버지를 대신해 3교대 간호조무 일을 하며 마더 테레사처럼 살아가는 엄마를 위해서였다. 좁은 마당은 별들에게 양보하고, 푸석한 머리는 변두리 반디 미용실에서 가장 강력한 파마약으로 permanent 꼬불이를 해야 하는 엄마는 낭만을 잃어 갔고, 웃음을 잃어갔다. 그때 내가 할 수 있는 유일한 방법은 공부밖에 없었다. 그게 엄마를 위한 일이라고 생각했다.

혼자 앓는 열이 적막했다.

무엇을 잘 못 먹었는지 계속 배는 아프고, 땀이 식어가면서 한기가 느껴지자 이마에서 열이 나기 시작했다.

그때, 왜 갑자기 초코파이가 먹고 싶었는지 모른다. 보고 싶은 엄마를 지우고, 해야 할 과제를 염두에 두려면 나는 나가야 했다.

아마, 슬리퍼에 가장 편한 옷을 입고 갔을 거다. 생경한 서울에서 가장 많이 갔던 곳이 편의점이고 24시간 아무 때나 가도 환하게 불을 밝혀주는 곳이 편의점이다. 마음이 불안하고 몸이 아파 본 자는 안다. 낯선 골목이 더 낯설게 다가오는 지점을 안다. 왼쪽은 파란색 페인트가 다 벗겨진 낡은 기와가 지붕에 얹혀있고 오른쪽은 스크래치 가득한 옹벽이라서 혼자 아픈 그날 나는 적막했고, 내 눈가에는 그렇게 눈물이 차올랐다. 시야가 흐려지는 날이 있다.

그때, 그날, 편의점에 그 남자가 있었다.

나는 어렸을 때부터 사람을 관찰하는 것을 좋아했다. 한번 본 사람과 사물이 영상처럼 일렁이곤 했다. 그 남자가 읽고 있던 책이 '운동 물리학'이고 1학년 기초 교양과목으로 선정된 교재였기 때문일까, 그 남자의 얼굴은 하얗고 앳되고 그 남자의 팔뚝은 근육이 있고, 초코파이를 건네주는 손 등에는 파란 정맥혈이 튀어나올 것 같았다. 아마, 내가 어디가 좋으냐고 물었을 때 그는 편의점에서 입었던 가장 편한 옷 사이로 보이는 나의 목덜미가 예쁘다고 했던 것 같다. 그는 사람을 제대로 보지 못한다. 나는 그때 한기가 차오른 목을 가리기 위해 목젖까지 단추를 채웠는데 말이다.

눈이 가장 먼저 붓는다.

'운동 물리학'이 대학교재가 아니라 트레이너가 되기 위한 시험서였고, 편의점 아르바이트로도 그의 생활력이 나아지지 않을 것이며, 심야 택시 미터기 숫자에 예민해서 걸어서 양화대교를 지나갈 때도 나는 울지 않았다.

두 다리를 뻗어 발과 발을 맞대 본 사이는 안다. 이미 나는 그가 하는 말을 믿고 이미 나는 그의 여자가 되었는데, 그는 이미 아이가 있었다. 근육이 가득한 하얀 살갗을 가진 남자는 안다. 공부 외에는 아무것도 모르는 내가 더이상 그와 함께하지 않을 거라는 것을.

나는 매일 울었다.

엄마도 매일 울었다. 아버지는 북에 두고 온 가족을 그리워했고, 나는 꽃다운 스무 살을 그리워했다.

나는 밥을 먹을 때마다 혀를 깨물었고, 그는 아이가 울 때마다 '올해는 삼재가 꼈다.'며 투덜댔다. 목덜미가 예쁘지 않은 여자와 힘들게 살아야 할 남자는 그렇게 끝났다.

81

책장을 덮어도 자꾸 눈이 부시던 유월이었다.

대학교 4학년, 공강이라는 단체 문자를 확인하지 못하고 강의실 문을 열었을 때, 새로 산 원피스에 단추가 떨어져 나가고, 그 단추를 줍다가 떨어뜨린 무거운 책을 들어주는 손길을 느꼈을 때, 나는 생각했다.

'삼세가 끝났나 뵈…'

나는 그렇게 두 번째 사랑을 시작했다.

그해 여름 교정에는 네 잎 클로버가 가득했다.

두 번째 남자

"나는 본능 중심의 사람입니다. 그래서 머리로 생각하기보다는 행동을 먼저 할 때가 많습니다. 감정을 부정하고 그것을 없애 버리기를 잘하죠. 손해 보는 일이 있어도 그냥 잊어버립니다. 저는 강합니다."

그는 바윗덩어리처럼 강하고 단단한 남자라고 말했다. 하필이면 진로에 대한 고민이 많고 당연히 가야 할 그곳이 내가 가야 할 길이 아니라고 느낄 때, 단단한 바위 같은 남자는 도서관 앞에서 우람한 팔뚝을 과시라도 하듯, 소매가 짧은 옷을 입고 있었고, 그가 기다리는 그 장소가 지나가는 바람도 머물다 가는 네 잎 클로버가 가득한 사람 많은 곳이어서 나만 바라보는 그가 부끄러웠다. 목소리가 커서 부끄러웠고, 가방을 들어줘서 부끄러웠고, "나는 뱃속에 거지가 들어있나 봐" 하며 라면을 세 개나 먹어서 부끄러웠다.

그런 그가, 내가 사는 작은 원룸 앞, 졸고 있는 가로등 불빛 아래에서 강한 팔뚝으로 나를 끌어당기고 성적 충동이 가득한 이글거리는 눈빛으로 말했다.

"라면 먹고 가도 돼?"

마치 선생님이 제자를 다루듯 일일이 다 가르쳐주고 아주 친절하게 설명을 하는데도 나는 불편했다. 라면 몇 젓가락을 꼬집거리다가 뒤로 미루면 그는 내 손목을 잡아다가 맥박을 느끼곤 했다.

"맥박이 빠른데?"

그가 느끼는 맥박의 흐름을 끊어내고 싶었다.

"오늘은 일찍 자야겠어요."

강한 바위 같은 남자가 분리의 언어를 감지하면 내면의 어린아이가 튀어나오곤 했다.

"아버지는 선생님이었어. 방학이면 나를 데리고 여행을 자주 다니곤 했지. 일곱 살 때인가, 제주도에서 처음 말을 탔지. 승마 경험이 없는데도 울지 않고 말을 잘 탔어. 아버지는 사람들 앞에서 나를 자랑했어. 나는 아버지에게 칭찬을 받기 위해 노력했어. 아버지는 남자가 부드러워지는 것은 안 된다고 했어. 약해지면 거부당하고 배신당하고 고통받을 거라고 말했지."

"말 잘 듣는 모범생이었군요."

"아니, 중학교 때부터 나는 변했어. 일부러 야단맞을 수 있는 상황을 만들었어. 거부당하는 느낌이 들면 더 강해지는 느낌이 들었거든."

나는 그의 언어가 강해지는 시점을 안다. 그의 문장이 길어지고 그의 어깨가 벌어지는 지점을 안다. 서툴렀을 때는 순종하는 여자의 모습으로 고개를 끄덕이곤 했는데, 어디서 용기가 났을까.

불어 터진 라면을 싱크대에 털어놓고 냉장고 온도를 강냉으로 올렸다. 냉장고 안에서 시어 터지고 늘어진 김치가 강한 냉기의 온도로 아삭거릴 거라고 믿은 걸까. 말 잘 듣는 제자가 반항이라도 하듯, 냉장고 문을 열어놓고 냉기의 온도를 크게 들이마셨다. 늘어진 김치가 살아나야 했다. 아삭거리는 말투로 말했다.

"오늘은 일찍 자야겠어요. 그만 쉬어야겠어요."

창문 밖으로 어둠이 내리고, 창문 틈 사이로 더운 바람이 후욱 들어왔다. 끈적한 팔월이었다.

나는 졸업을 해야 했고, 취업을 해야 했다. 바윗덩어리 같은 남자가 내면의 여리고 여린 상처를 곱씹는 추억 여행에 동조할 시간이 없었다. 무엇보다도 교활한 유머 감각을 동원해서 나의 마음을 사로잡으려는 것이 보여서 싫었다. 날은 찌고 오후가 길어지는 오후에 말했다.

"공무원 시험을 봐야겠어요. 당분간 보기 힘들 거에요…"

그는 두뇌 회전이 빠르고 실질적이며 카리스마가 있어서 다른 사람들이 자신의 의견에 동조할 것을 부추겼다. 그를 따르는 후배들이 많았다. 그보다 훨씬 키가 작고 말이 빠른 그의 후배는 선배가 많이 힘들어한다며 쪽지를 건네주며 말했다.

"형이 운동도 쉬고 공부도 하지 않고, 유미씨 생각으로 힘들다고, 저는 오늘 유미씨 생각을 듣고 형의 숨통을 열어주고 싶습니다."

쪽지에 적힌 글이 감성을 자극하는 글이어서가 아니고, 선배를 생각하는 후배의 도움에 감동해서도 아니고, 그 쪽지에 동봉한 것이 하필이면 네 잎 클로버라서 나는 쉬고 싶었다. 그가 보낸 행운에 기대어 쉬고 싶었다. 그리고 엄마는 그의 강인함이 웃다가 우는 아버지와는 다르다고 말했다. 엄마는 말했다. "이번에는 좋은 사람 같다."

엄마의 그늘이 지워지고 나의 웃음이 살아나도록 도와줄 행운의 남자가 준 쪽지를 다시 읽어 보았다.

사람이 새와 함께 사는 법은 새장에 새를 가두는 것이 아니라, 마당에 풀과 나무를 키우는 일이었다. 나는 풀과 나무를 심어줄 수 있다.

이때부터였을 거야…

유미야…

난 누군가에게 뭔가 잘못되고 있다는 것을 말해야 했어.

엄마는 순리대로 살라고 했어. 순리가 뭘까? 순리대로 살아야 할까?

한 번 이혼한 여자가 두 번째 남자와 결혼을 했는데, 강한 팔뚝으로 나를 안아주던 그 남자는 습관적으로 화가 나면 물건을 던졌어. 유미야 난 그가 무서워…

달이 크고 밝은 날이면 뭔가 잘못되었다는 목소리가 몸속 깊숙이 저 밑 어딘가에서 꿈틀대고 올라오는데 나는 책꽂이에서 비뚤어진 책을 정리하거나 한여름 밤, 꿉꿉한 행주를 다시 빨아서 빳빳하게 건조하거나 조금 더 심하게 저 밑 어딘가에서 숨겨두었던 억울함이 터지면 겨우 말했다.

"대화 좀 해요…"

나는 그가 무서웠다. 술잔에 입도 못 대는 그가 술을 사오라고 말했고, 나를 가구 하나 없는 빈 방으로 끌고 들어가 한쪽 구석에 세우고 다그치기도 했다. 상상해보라. 고등학교를 다니되 가방은 폼으로만 가지고 다니는, 쉬는 시간마다 마음에 들지 않는 친구들을 대상으로 옥상으로 올라오라고 소리쳤던 목소리만 큰 양아치가 바로 그였다.

그는 사실 풀과 나무를 심어주기도 했다. 공무원 시험을 준비할 때, 가방을 들어주고 도서관 앞에서 기다려주며 배가 고프면 밥을 사주고, 힘들면 엎히라고 했다. 7급 공무원 시험에 붙을 땐 자신의 공로가 크다고 에베레스트 산 정상에 태극기를 꽂고 포효하는 엄홍실처럼 소리쳤다.

"니는 나 없으면 안 된다! 유미야, 사랑한다!"

유미야 근데 말이야, 어느 공원에 앉아 숨 돌릴 구멍을 찾고 밤 하늘이 어둑어둑 사그라질때야 들어갈 수 있는 유일한 방법이 있었어. 계속 공부를 하는 거야, 시간이 지나면 6급 공무원이 되는데 무서운 그 남자와 거리를 둘 수 있는 방법은 공부뿐이었어

유미야 근데 그는 일초도 자기를 위해 머리를 쓰는 일은 하지 않더라. 결정적으로 네 잎 클로버의 행운이 사라지는 그날은 말이지, 그가 던진 각 티슈에 맞아서도 아니고, 돈 번다고 유세하냐는 비속어 가득한 욕설을 들을 때도 아니야.

내 생에서 절망적인 단어들만 내뱉었던 그가 다시 건네는 화해의 쪽지에 적혔던 글귀 때문이었어.

날지 못하는 새는 있어도 울지 못하는 새는 없다. 유미야 미안하다. 내가 더 강해질게. 어려서부터 제대로 울어보지 못해서 그래 내가 더 강해질 게, 바윗덩어리처럼…

이런… 미친. 삶의 고단함으로 쓴 시인의 글귀를 하필이면 던지고 때린 다음 날 강인한 팔뚝으로 아주 작은 쪼가리를 만들어 꼬깃꼬깃 접어서 식탁 위에 놓다니.

그때부터였을 거야. 스승에게 반항하는 제자처럼 일이 끝나면 술을 먹었어. 어느 날은 빨간 틴트를 입술에 바르고 가슴 골이 다 드러난 민소매에 허벅지가 도드라지는 꽉 끼는 청바지를 입고 클럽에 갔지.

그때마다 그는 복수심에 불타서 내 휴대폰에 기생하는 남자들 번호로 전화를 했어.

그는 혼자 시나리오를 쓰고 혼자 미쳐가더라. 유미야. 우리는 미쳤어. 매일 싸우고 매일 욕하고 매일 술을 먹었어.

유미야, 바위도 금이 가고 깨지기도 하나 봐. 그가 아파..

근데 유미야 아픈 그가 말해, "유미야 나는 너 없으면 안 된다." 그리고 나를 안아.

그리고, 교회를 가면 용서 받냐고 물어봐,

그때부터였을 것이다. 성경책 위에 형광펜으로 줄을 치며 그를 위해 성경을 읽어주고 그를 위해 기도해주면서 나는 천천히 그를 분리했다.

굵은 팔뚝의 파란 정맥혈이 흐려지는 날, 하나님은 그를 용서했다.

그리고 나는 그와 헤어졌다.

세 번째 남자

　공무원의 퇴근 시간은 일정했다. 비슷한 채도를 가진 옷을 벗고, 습관처럼 가슴골이 드러난 옷을 꺼내입는다. 조금은 먼 변두리로 가야 했다. 알아보는 사람이 없는…

　농담은 우리의 허브라고 표현한 시인이 있다. 다행히 생각 없이 던진 농담이 먹히는 사람은 없었다. 풀린 눈으로 흐르는 음악에 몸을 맡기면 되는 뻔히 저기 있는 것을 알고 있지만 가까이 가면 멀어지는 그래서 진지한 만남 따위는 없는 그런 곳이 클럽이었다.

　"라면 염분이 핏속의 염분과 똑같은 거 알아요?"

　그날도 습관처럼 뱉어낸 농담인데, 그의 허브는 농담이었던 거다. 어쩌면 그도 진지한 대화 따위 필요 없는 그래서 눈이 풀려도 웃지 않아도 되는 클럽에 왔을 수 있다.

그날은 내 농담이 그를 관통했고, 가슴골 사이로 땀이 찰 때, 그는 나를 데리고 클럽 밖으로 나갔다. 마지막으로 한 번 더 농담을 하고 싶었다. 그와 자고 싶다는 생각은 없었다.

"씹어도 씹어도 소화되지 않는 게 있어요. 제게는 그것이 Lyric(서정)이에요. 아이가 있는 남자와 결혼을 했어요. 폭력적인 남자와도 결혼을 했어요. 제게는 서정적이지 않았어요. Lyre(리라)는 현악기예요. 서정적인 노래를 부를 때 쓰는 악기죠. 리라를 만들려면 양의 내장이 필요해요. 양의 내장은 씹어도 씹어도 소화가 안 돼요."

"과거를 지우지 못했다는 거군요."

아, 술이 깼다. 클럽 밖이 때마침 낙엽이 날릴 만큼 바람이 불어서, 홍조가 가득하고 눈이 반쯤 풀어진 나의 얼굴 위로 스쳐가는데, 그는 내 볼을 감싸 쥐면서 말했다.

"서정은 다시 만들면 됩니다."

아, 유미야. 이렇게 가볍게 만나도 되는 걸까. 유미야 그는 나의 농담을 이해했고 심지어 사랑한다고 했어.

나는 지나칠 정도로 패브릭을 사랑한다. 원단이 주는 따뜻한 촉감보다 손으로 펄럭대는 원단이 다시 가라앉을 때 내 살에 얹어지는 그 차분한 느낌이 좋다. 무게감 없이 구속함 없이 하얇고 보드라운 나의 피부 위에 가볍게 떨어지는 그 하얀 원단이 좋다.

두 번째 결혼까지 실패하고 나는 모든 가구를 바꿨다. 그의 냄새가 머물렀던 가구를 처분하고 모든 침구를 하얀색으로 바꿨다. 내가 좋아하는 원단을 찾을 때까지, 노트에 원단의 느낌을 꾹꾹 눌러가며 썼다. 마치 피부에 닿은 패브릭이 내가 사랑해야 할 남자라도 되듯

가정도 즐거움도 잃어버렸던 나는, 이제 가슴골이 드러난 옷을 입지 않아도 눈이 반쯤 풀리지 않아도 농담으로 허브를 관통시키지 않아도 되는 모달 같은 남자를 만났다.

그는 친구가 많았고, 모든 사람을 아우르는 따뜻한 마음이 있어, 만나는 사람들의 수고를 덜어주고 거친 언어를 걸러내는 통기성이 있었다.

그의 손을 타고 흐르는 터치감은 힘들었던 과거를 잊기에 충분히 따뜻했다. 그는 일상에 지쳐 건조한 언어를 쏟아내는 나의 입술 위로 '너도 밤나무' 향기를 가득 가득 흘려주었다. 적당한 무게감으로 나의 몸 위로 올라타면 그는 어느새 부드럽고 통기성이 좋은 Modal이 되었다.

그렇게 장기간 그의 색상이 유지될 줄 알았다.

"결혼합시다."

"네?"

"어머님께 소개해드리고 싶습니다."

"저는 이미 두 번을 이혼했어요. 저는 이제, 서정 같은 부드러운 사랑은 못 해요."

"이미 장례식을 치렀다고 생각해요."

진정한 사랑은 모자람이 없다고 했다. 가볍게 만나서 원나잇을 했을 뿐인데, 그의 사랑은 진중하고 색이 점점 진해져 갔다. 나는 다시 세 번째 남자와 결혼을 꿈꾸고 있었다.

창밖으로 매달려있는 나뭇잎이 거세게 흔들리는 날, 창틀이 덜덜 소리가 날 정도로 바람이 세게 부는데, 나뭇잎 하나가 애처롭게 매달려있는 그 날, 자연스럽게 다른 사람의 감정에 주의를 기울일 줄 알며, 상대의 감정에 공감하는 능력이 뛰어난 그가 울었다.

"저는 엄마를 놓을 수 없어요…"

나의 과거를 알아버린 그의 엄마가 자리에 누워버렸다.

공감 능력이 뛰어나고 감정 하나하나에 섬세하게 반응하는 그도 누웠다.

우리의 사랑은 하루의 일기처럼 One Night이 되었다. 우리는 그렇게 끝났다. 그날 이후 '너도밤나무'가 묵직한 무게로 나를 짓눌렀다. 악몽은 계속되었고 그를 잊는 유일한 방법은 또다시 도서관으로 가는 방법뿐이었다.

그때 그 도서관에는 맨드라미가 가득했다.

네 번째 남자

"아..아..주민 여러분! 오늘은 단지 내 소독이 있습니다. 창문을 꼭 닫아야 합니다."

그는 아파트 스피커를 통해 들려오는 관리실 사무소장 목소리에 읽던 책을 내려놓고 반응했다.

"하필 오늘 같은 날."

그에게 오늘 같은 날은 덥지도 춥지도 않은 봄 같은 날이며, 바람이 귓가를 애무하듯 지나가는 초가을 같은 날씨인데, 하루 아니 단 몇 시간 창을 닫는 행위에도 그는 짜증을 냈다.

아침부터 기분을 망칠 이유가 없다. 화제를 돌려야 한다.

"오늘은 읽고 있는 책이 뭐야?"

듣고 싶은 질문이었던 거다.

"토성의 위성 개수가 몇 개인지 알아?"

나는 읽고 있던 책을 물었다. 모르겠다는 답을 원하는 거 같지도 않았다.

"오늘은 토성을 연구하는 거야?"

"우연히 토성 사진을 보다가 엔켈라두스라는 토성의 위성에 대해서 알게 되었지."

기분을 망치지도 않고 기분을 더 좋게 하는 방법이 있다. 휴대폰으로 검색을 해서 얻은 짧은 지식을 보태면 된다.

"오… 아주 두꺼운 얼음 껍질로 덮여있다는데? 얼음이면 녹는 거 아닌가…"

순간, 그의 미간이 모아지고 인상을 쓰기 시작했다는 것을 알 수 있었다.

"토성의 위성은 암석이 50퍼센트야, 표면 온도는 영하 180도야. 어떻게 녹아?"

"그렇구나"

늘 그렇다. 그가 아는 것을 내가 모르면 그는 미간을 찡그리고 반응했다. 기어코 엔켈라두스에 대한 이야기를 마무리하게 두어야 저절로 미간이 펴지고 올라갔던 입꼬리가 내려간다는 것도 이제는 안다.

"엔켈라두스에는 우리가 생각하는 구름은 없지만 얼음 입자와 수증기로 이루어진 거대한 구름 비슷한 기둥이 있어. 봐봐! 아름답지 않아?"

그래, 오늘만 반응을 해주자. 의례적인 반응에 지쳐 있었지만, 지금은 풀 시트 로스트까지 내려주는 풍미 가득한 커피를 아주 편하게 마시고 싶을 뿐이다.

"이게 구름이라는 거지?"

답답했을 수 있다. 누구는 나를 보면 아이처럼 순수하다고 했고, 누구는 맑은 영혼이라고 했고, 사람을 진심으로 사랑할 줄 아는 사람이라고 했는데 그가 말했다.

"어디까지 설명해야 알아? 내가 좋아하는 것을 같이 공유하고 싶다고 했잖아. 나를 사랑하는건 맞어?"

아주 난순한 답변에도 예민하게 반응하는 이 시점이 3년째 놓고 있던 때라서, 아직도 나의 하얀 린넨 침대를 뒤틀리게 하고 있고, 그의 고양이 태오가 싸울 때마다 아니, 그의 목소리가 커질 때마다 침대 아래에서 튀어나와 그의 무릎 위로 올라갈 때라서 참을 수가 없었다. 풀 시트 로스트는 이미 물 건너갔다.

나는 공고문과 세금고지서를 아주 꼼꼼히 읽는다. 공무원이라서가 아니라, 나약한 아버지를 대신해서 3교대 간호조무사 일을 하는 엄마가 집에 와서도 일하고 있는 것이 싫었고, 탁자 위에 널부러진 밀린 세금고지서를 내가 정리해야 했던 어릴 때부터 몸에 밴 습관일 것이다.

"내 생각에는 말이지, 토성의 위성 개수보다 토성에 있는 구름 제트보다 자기가 일을 해야 한다고 생각해. 봐봐! 세금이 이렇게 많이 나오잖아."

세금고지서를 들이밀면서 원했던 답이 뭘까? 내 생각에 따르면 이런 대화는 당연히 그렇게 되어야 한다는 식으로 진행된다. 다소 무미 건조하고 장황한 연재소설 같기도 하지만, 어찌 보면 보잘것없는 대화 같지만, 미미하나마 참여하여 함께 써 나가는 나라를 위한 연재소설 같은 거 말이다. 세금을 내고 돈을 아끼고, 원 플러스 원을 사며, 공짜로 받은 쿠폰에 너털웃음을 보태는. 뉴스를 보며 정치를 하고 4년에 한 번 투표를 하는 것으로 의무를 다하는 그런 것이 나에게는 당연하고 옳은 일이며 보통으로 사는 행복이다.

나의 짜증 섞인 목소리를 감지하면 그의 이론은 사라진다.

"그래? 담배를 끊어야겠어. 술을 끊지 뭐, 왜 세금이 이렇게 많이 나오는지 알아봐야겠어."

그러나 그는 알아보지 않았다. 나의 아이가 뱃속에서 어떤 이유로 죽어갔는지도 물어보지 않았듯.

이따금 나는 나 자신이 존재하는지 어떤지 잘 분간이 되지 않을 때가 있다. 어느 날은 하얀 린넨이 돋보이도록, 나의 하얀 침구가 돋보이도록 주황빛 스탠드 조명을 하나하나 밝히고 있었다.

"세금 고지서를 들이밀지 않았나? 이렇게 환한데 굳이 스탠드 조명까지 더해야 해?"

그때 나는 생각했다. 형광등 빛보다 은은하게 비치는 간접조명이 필요하다고.

"세상은 여기 그리고 지금 존재하는 거라고 생각해"

"그렇지 그러니까 책을 읽어야 해. 아니지 읽기만 하면 안 되지. 책의 내용을 수렴할 용기가 필요하지."

아마 그때 그가 내밀어서 보여 준 책이 철학적 사유가 필요한 책이었다면 이렇게 오래 생각나지 않았을지 모른다.

신체적, 물리적 폭력은 단 한 장면도 없이 정신적 심리적 폭력만으로 극한의 긴장과 공포를 그려낸 'Break Down'이라서 나는 소름이 끼쳤다.

"아버지는 엄마를 때렸어. 목사가 강대상 위에서 말하는 권위적 설교는 아무도 없는 집에서 폭력으로 대치되기도 했지. 아버지는 아무도 안 보니까 그렇게 했을 거야. 하지만 나는 보고 있었어. 아니지, 하나님도 보고 있었지."

그의 엄마가 묘사했던 하나님과 그의 엄마가 묘사했던 남편이 4년째 그의 입을 통해서 반복되고 있었다. 그때마다 나는 태오를 쓰다듬듯 그를 위로했고 그를 안아주었다.

유미야, 두 번의 결혼이 실패해도 그들을 쉽게 잊을 수 있던 것은 그들과의 연결고리가 없는 건데, 나는 아이를 가졌어.

홍콩에서 임신했다고 말했던 그날, 그는 준비되지 않은 아빠라서 지우라고 말했어. 그리고 엄마와 아버지가 계신 홍콩 메기니 센터 납골당에도 가지 않았어. 준비가 되지 않았다고.

유미야 나는 더 열심히 일했어. 어쩌면 새롭게 변할지도 모르는 그를 위해서 그리고 나의 아기를 위해서

그러다 문득문득 꿈 같았던 One night 그가 보고 싶었어

그러다 가끔 아이를 가진 것도 잊은 채 밤새 일을 했고 아이를 가진 것도 잊고 맥주를 마셨고, 그러다 하얀 린넨 침대보가 뒤틀릴 정도로 그에게 몸을 맡겼어. 그는 임신한 여자라는 것을 잊었나 봐. 나는 술에 취했고 그는 나의 몸에 취해있었어.

격렬하게 사랑하던 다음 날 진홍빛 핏물이 하얀 린넨 위에 흐르는 것을 보았어.

그가 코를 골며 자는 그 침대 위에서 태오는 나의 자궁에서 새어 나온 진홍빛 피를 빨고 있었어. 유미야 그는 지금도 나의 아이에 대한 존재를 묻지 않아.

유미야, 그는 5년째 놀고 있어. 유미야 근데, 꿈 같은 하루를 선물해 준 One Night 했던 그가 찾아왔어.

놀고 있는 남자, 발정 난 태오처럼 그릉그릉대는 그와는 달라.

클럽에서 만난 따뜻한 그가 말했어.

"다시 시작하고 싶습니다. 어머님은 돌아가셨습니다…"

책의 이론을 배열하는 그보다, 나의 세포를 하나하나 다시 살려놓아서 마치 내가 독일인의 사랑에 등장하는 마리아로 환생시키는 그가 좋아.

네 번째 남자와 연결고리가 없는데, 그가 환멸스럽고 지겨운데, 그를 놓을 수가 없어.

그는 나의 목소리가 달라지는 지점을 알아. 그를 놓을 수 없을 거 같아.

그는 웬일로 읽던 책을 내가 머무는 소파 옆 탁자 위에 펴놓았다. 연두색 형광펜으로 밑줄을 그은 문장이 도드라져 보였다.

… 이 소원을 달하는 데에 당신은 큰 도움을 주시기 때문입니다. 당신의 말씀과 같이 저는 제 자신을 바르게 하는 데 힘쓰고 제 의무에 노력하다가 세상을 마칠 수 있도록 힘써 보오리다.

아마, 나를 위해 최선을 다하겠다는 말을 글로 대신 한 거겠지.

그때 나는 아이가 죽었다는 죄책감으로 정신이 피폐해져 가고 있었고 나의 판단과 기억조차 믿을 수 없는 지경이라 따뜻한 원나잇 남자에게 가고 싶었다.

그는 책으로도 나의 마음을 얻을 수 없다고 생각했는지 독일 슈프레강의 기억을 자주 이야기했다.

"강물이 어둡고 진했어. 엄마가 강에 뛰어들까 봐 무서웠어. 아버지는 엄마를 때리고 교회에서는 웃었어. 아주 인자하게…"

아… 당신이 알려준 독일의 풍경, 당신이 알려준 아버지의 비밀. 어디까지가 진실이고 어디까지가 거짓일지. 나는 이제 듣고 싶지 않았다.

유미야, 네 번째 남자와 나는 가족관계증명서에 들어있지 않잖아. 그런데 그를 놓을 수가 없어 매일 머리가 아파. 이제는 약을 먹지 않으면 힘들어…

아, 원나잇 했던 남자 이름을 말했나 호윤씨와 나는 닮은 곳이 많아. 아스팔트 보도블록 인도를 걷는 것보다 파란 잔디가 운동화를 잡아끄는 푹신한 곳에서 뛰는 것을 더 좋아해. 숨이 막히다고 말하면 둘만 존재하는 조용한 밤바다로 데려가서 신발을 벗고 파도가 일렁이는 검은 윤슬로 데려가곤 했어. 이 산에서 저 산으로 미풍이 걸리는 날이면 차 트렁크를 열어서 졸린 램프에 알록달록 생명을 주곤 했어. 산기슭을 배회하다 주워 온 솔방울을 내 코에 대고 자기 코에 대면서 킁킁대면 그렇게 귀여울 수가 없어. 그러면 나는 따뜻한 그를 안아.

그렇게 그의 차에서 하루를 보내고 돌아오면, 네 번째 남자와 태오가 동시에 쳐다봐.

건조한 목소리와 건조하게 그글대는 태오의 소리가 겹쳐서 들려.

유미야 벗어나고 싶어…

그의 어머니 묘지는 해도 비치지 않은 채 구름 빛만 가득히 덮여있었다.

나의 손을 잡으면서 자기의 아들을 맡겼던 그의 엄마가 안겨 준 책무를 나는 다했다.

"어머니… 저는 이제 당신의 아들을 놓겠습니다. 당신의 고양이 대오도 놓겠습니다."

폭풍이 지나간 바다의 침묵같이 혼란한 인생을 거치고 나면 용기를 낸 묵념 같은 고백에도 눈물이 차오른다. 그래, 이제 나는 흰 구름의 이야기와 저녁 광선의 비밀을 끝까지 들어 줄 남자에게 가려고 한다. 파동이 심한 뛰는 가슴을 따스하게 안아 줄 남자가 있다.

너무 신기하다.

세 번째 남자가 다섯 번째 남자인데, 5년 만에 다시 만나서 다시 밀회를 나눈 기간이 2년인데, 이제 나이가 마흔일곱인데 여전히 머리카락이 길고 그 긴 머리카락을 쓰다듬는 그에게 여전히 빨갛게 달아오르는 귓불을 들킨다.

호윤씨는 세금고지서를 읽고 날짜보다 먼저 세금을 내준다. 커피를 내려주다가도 뒤틀어진 하얀 린넨 침대보를 바로잡아준다. 그는 나를 읽고 나를 알아가는 것이 좋다고 했다.

의심과 비애 없이 사랑하면 안다. 가장 큰 악은 말하는 것을 듣지 않는 것이고, 가장 큰 죄는 눈으로 말하는 것을 읽지 못하는 것이다. 나는 오늘도 눈으로 말하고 호윤씨는 오늘도 나의 말을 다 듣고 있다.

가스라이팅을 이기는 방법은 당하고 있는 자를 구원해 줄 사람이 있으면 됩니다. 안타까운 사연을 가지고 온 내담자의 긴 이야기를 단편 소설로 풀었습니다. 살아 온 이야기를 글로 풀어 갈 수 있도록 허락해준 내담자에게 고마운 마음을 전합니다.

오피스텔을 벗어나왔다.

신기루처럼 아스팔트 도로 위에 아지랑이가 피어오르고 도시가 온통 불타고 있는데, 차 유리창에 이슬이 맺히기 시작했다. 오늘에 한해서 나는 한사코 울어야 했다.

사람들은 나에게 말했다. 동정심과 동료애가 많으며 친절하고 재치 있고 주위의 사람들에게 관심이 많으며, 주로 조화 있는 인간관계에 높은 가치를 두며, 민첩하고 인내심이 남다르다고. 맞다. 나는 MBTI 유형, ENFJ 그리고 에니어그램 7번 유형이다.

사교적이고 사람들을 좋아하며, 때로 다른 사람들의 좋은 점을 지나치게 이상화하고 맹목적 충성을 보이는 에니어그램 7번이다.

마침, 상담을 받으러 온 그녀가 나와 같은 벤츠를 몰기 때문도 아니고, 마침, 내가 남편과 이혼을 했기 때문이 아니라, 사람을 좋아하고 사

107

람에게 잘 속고, 차도 주고, 집도 주고, 돈도 주면서까지 사람을 분리하지 못하는 유형이라서 그런 내가 마침, 에니어그램 전문가라서 그녀에게 미친 듯이 몰두했다.

그녀를 살리고 싶었다.

그녀를 행복하게 해주고 싶었다.

그녀가 들려주는 7년의 이야기를 단순한 상담사례에서 소설로 풀기까지, 억압해 온 응어리가 혼잣말로 튀어나왔다. 마치 유미처럼.

더운 열기가 아지랑이로 피어나는 아스팔트 옆에 차를 세우고 나는 기어코 울었다.

소설을 끝내고, 유미를 보내면서 다짐한다.

나도 다시 사랑할 수 있을까.

나는 누가 살려줄까.

오늘은 한사코 울어야겠다.

섭씨 34도 도로 위에서. 사비나

기억의 비만

초판 1쇄 발행
　　　　　| 2024년 6월 25일

지은이
　　　　　| 황정미
교정 / 교열
　　　　　| 윤서라
편집 / 디자인
　　　　　| 그래서

펴낸곳　　 | 그래서
출판등록　| 제2019-000035호
주소　　　| 서울시 중구 동호로37길 20 A동 2층 132호
이메일　　| glaesobooks@gmail.com

ISBN　　 | 979-11-988158-1-1(04810)
　　　　　| 979-11-988158-0-4(세트)